Fish or Cut Bait

新編賈氏妙探

之24 女秘書的秘密

賈德諾 Erle Stanley Gardner 著　周辛南 譯

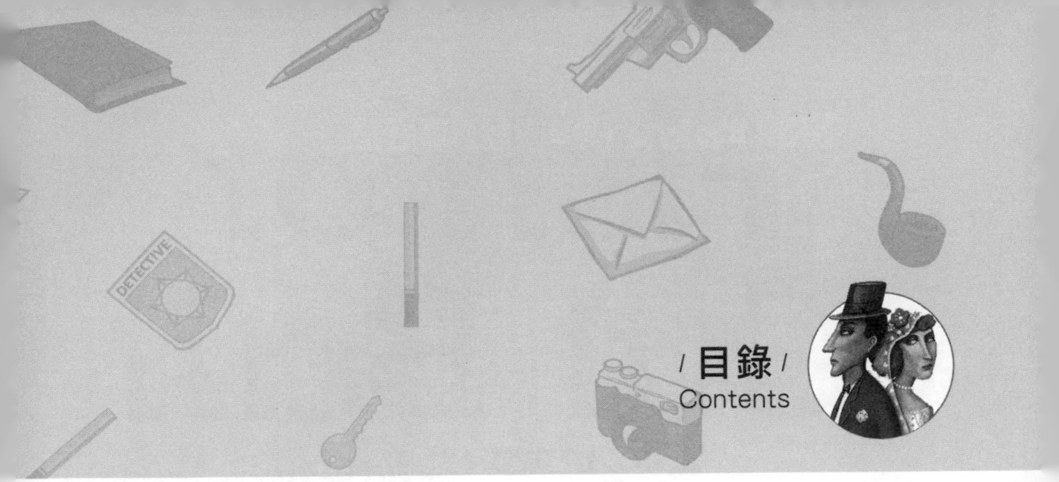

目錄
Contents

Fish or Cut Bait

出版序言

關於「妙探奇案系列」

當代美國偵探小說的大師，毫無疑問，應屬以「梅森探案」系列轟動了世界文壇的賈德諾（E. Stanley Gardner）最具代表性。但事實上，「梅森探案」並不是賈氏最引以為傲的作品，因為賈氏本人曾一再強調：「妙探奇案系列」才是他以神來之筆創作的偵探小說巔峰成果。「妙探奇案系列」中的男女主角賴唐諾與柯白莎，委實是妙不可言的人物，極具趣味感、現代感與人性色彩；而每一本故事又都高潮迭起，絲絲入扣，讓人讀來愛不忍釋，堪稱是別開生面的偵探傑作。

任何人只要讀了「妙探奇案」系列其中的一本，無不急於想要找其他各本，以求得窺全貌。這不僅因為作者在每一本中都有出神入化的情節推演，而且也因為書中主角賴唐諾與柯白莎是如此可愛的人物，使人無法不把他們當作知心的、親近的朋友。

「梅森探案」共有八十五部，篇幅浩繁，忙碌的現代讀者未必有暇遍覽全集。而「妙探奇案系列」共為廿九部，再加一部偵探創作，恰可構成一個完整而又連貫的「小全集」。每一部故事獨立，佈局迴異；但人物性格卻鮮明生動，層層發展，是最適合現代讀者品味的一個偵探系列。雖然，由於賈氏作品的背景係二次大戰後的美國，與當今年代已略有時間差異；但透過這一系列，讀者仍將猶如置身美國社會，飽覽美國的風土人情。

本社這次推出的「妙探奇案系列」，是依照撰寫的順序，有計劃的將賈氏廿九本作品全部出版，並加入一部偵探創作，目的在展示本系列的完整性與發展性。全系列包括：

①來勢洶洶 ②險中取勝 ③黃金的秘密 ④拉斯維加，錢來了 ⑤一翻兩瞪眼 ⑥變！失踪的女人 ⑦變色的色誘 ⑧黑夜中的貓群 ⑨約會的老地方 ⑩鑽石的殺機 ⑪給她點毒藥吃 ⑫都是勾搭惹的禍 ⑬億萬富翁的歧途 ⑭女人等不及了 ⑮曲線美與痴情郎 ⑯欺人太甚 ⑰見不得人的隱私 ⑱探險家的嬌妻 ⑲富貴險中求 ⑳女人豈是好惹的 ㉑寂寞的單身漢 ㉒躲在暗處的女人 ㉓財色之間 ㉔女祕書的秘密 ㉕老千計，狀元才 ㉖

金屋藏嬌的煩惱 ㉗迷人的寡婦 ㉘巨款的誘惑 ㉙逼出來的真相 ㉚最後一張牌。

本系列作品的譯者周辛南為國內知名的醫師，業餘興趣是閱讀與蒐集各國文壇上高水準的偵探作品，對賈德諾的著作尤其鑽研深入，推崇備至。他的譯文生動活潑，俏皮切景，使人讀來猶如親歷其境，忍俊不禁，一掃既往偵探小說給人的冗長、沉悶之感。因此，名著名譯，交互輝映，給讀者帶來莫大的喜悅！

譯序

美國有史以來最好的偵探小說

周辛南

賈氏「妙探奇案系列」，（Bertha Cool—Donald Lanm Mystery）第一部《來勢洶洶》在美國出版的時候，作者用的筆名是「費爾」（A. A. Fair）。幾個月之後，引起了美國律師界、司法界極大的震動。因為作者大膽的在小說裡寫出了一個方法，顯示美國人在現行的美國法律下，可以在謀殺一個人之後，利用法律上的漏洞，使司法人員對他無計可施，只好讓他逍遙法外。

於是「妙探奇案系列」轟動了美國的出版界、讀書界和法律界，到處有人打聽這個「費爾」究竟是何方神聖？

作者終於曝光了，原來「費爾」就是名作家賈德諾的另一個筆名。史丹利・賈德諾（Erle Stanley Gardner）是美國當代最著名的作家之一。他本身是法學院畢業的律師，早期執業於舊金山，曾立志為在美國的少數民族作法律辯護，包括較早期的中國移民在內。律師生涯平淡無奇，倒是發表了幾篇以法律為背景的偵探短篇頗受歡迎。於是改寫長篇偵探推理小說，創造了一個五、六十年來全國家喻戶曉，全世界一半以上國家有譯本的主角——梅森律師。

由於「梅森探案」的成功，賈德諾索性放棄律師工作，專心寫作，終於成為美國有史以來第一個最出名的偵探推理作家，著作等身，已出版的一百多部小說，估計售出七億多冊，為他自己帶來巨大的財富，也給全世界喜好偵探、推理的讀者帶來無限樂趣。

賈德諾與英國最著名的偵探推理作家阿嘉沙．克莉絲蒂是同時代人物，都活到七十多歲，都是學有專長，一般常識非常豐富的專業偵探推理小說家。

賈德諾因為本身是律師，精通法律。當辯護律師的幾年又使他對法庭技巧嫻熟，所以除了早期的短篇小說外，他的長篇小說分為三個系列：

一、以律師派瑞．梅森為主角的「梅森探案」；

二、以地方檢察官Doug Selby為主角的「DA系列」；

三、以私家偵探柯白莎和賴唐諾為主角的「妙探奇案系列」；

以上三個系列中以地方檢察官為主角的共有九部。以私家偵探為主角的有二十九部，梅森探案有八十五部，其中三部為短篇。

梅森律師對美國人影響很大，有如當年英國的福爾摩斯。「梅森探案」的電視影集，台灣曾上過晚間電視節目，由「輪椅神探」同一主角演派瑞．梅森。

研究賈德諾著作過程中，任何人都會覺得應該先介紹他的「妙探奇案系列」。讀者只要看上其中一本，無不急於找第二本來看，書中的主角是如此的活躍於紙上，印在每個讀者的心裡。每一部都是作者精心的佈局，根本不用科學儀器、秘密武器，但緊張處令人透不過氣來，全靠主角賴唐諾出奇好頭腦的推理能力，層層分析。而且，這個系列不像某些懸疑小說，線索很多，疑犯很多，讀者早已知道最不可能的人才是壞人，以致看到最後一章時，反而沒有興趣去看他長篇的解釋了。

美國書評家說：「賈德諾所創造的妙探奇案系列，是美國有史以來最好的偵探小說。單就一件事就十分難得——柯白莎和賴唐諾真是絕配！」

他們絕不是俊男美女配：

柯白莎：女，六十餘歲，一百六十五磅，依賴唐諾形容她像一捆用來做籬笆，帶刺的鐵絲網。

賴唐諾：不像想像中私家偵探體型，柯白莎說他掉在水裡撈起來，連衣服帶水不到一百三十磅。洛杉磯總局兇殺組宓警官叫他小不點。柯白莎叫法不同，她常說：「這小雜種沒有別的，他可真有頭腦。」

他們絕不是紳士淑女配：

柯白莎一點沒有淑女樣，她不講究衣著，講究舒服。她不在乎別人怎麼說，我行我素，也不在乎體重，不能不吃。她說話的時候離開淑女更遠，奇怪的詞彙層出不窮，會令淑女嚇一跳。她經常的口頭禪是：「她奶奶的。」

賴唐諾是法學院畢業，不務正業做私家偵探。靠精通法律常識，老在法律邊緣薄冰上溜來溜去。溜得合夥人怕怕，警察恨恨。他的優點是從不說謊，對當事人永遠忠心。

他們也不是志同道合的配合，白莎一直對賴唐諾恨得牙癢癢的。

他們很多地方看法是完全相反的，例如對經濟金錢的看法，對女人——尤其美女的看法，對女祕書的看法……

但是他們還是絕配！

賈氏「妙探奇案系列」，為筆者在美多年收集，並窮三年時間全部譯出，全套共三十冊，希望能讓喜歡推理小說的讀者看個過癮。

第一章　二十四小時保鏢

卜愛茜引到我私人辦公室來的男人，是一個「我比你大」有官僚氣的高個子。

「這位是賴先生，」愛茜說：「賴先生，這位是丘家偉，丘先生。」

丘先生向我很用力地握手，應該放手的時候，又沒必要地再加點力氣又握了一下。最後加上的幾分力氣我認為他官僚心態發作，對我認為還算滿意，決定進行下去的表示。

他已過三十快到四十的年齡，鐵灰色眼珠、厚厚的濃眉毛、深色頭髮、高額寬肩，有正在凸出的肚子。他說話時儘量把肚子收緊，好像是在鏡子前演似的。事實上他可能每件事情都在鏡子前演練後才拿出來做。他是那一類的。

「賴先生，」他說，「你和你們偵探社的聲譽，真是如雷貫耳。」

我點點頭。

「最近發生了一件很敏感的事，」他說，「我認為我可能需要一個私家偵探社的服務。我還希望是一個有男人也有女人工作的私家偵探社，所以我選中了你們。」

「原來如此。」我不發表意見地說。

「我暫時不提姓名，」他說，「不過我和一位朋友談過這件事，他真是非常稱讚你們。今天我才發現原來你們公司資深合夥人是柯氏。而柯氏的名字是柯白莎。是個女人。」

「沒有錯。」

「能把她形容一下嗎？」

「不能。」

「為什麼？」他驚奇地問。

我笑笑說：「文字的力量是有限的。白莎是要見了面，才能被人賞識的。我給你們介紹好嗎？」

「等我先和你初步談談之後再說，」他說，「這位柯白莎想像中一定很能幹，嗯？」

「非常能幹。」

「以女人來說，她的職業選得真怪。這種工作有的時候需要……需要……比較強健一點的體格。柯太太在這一類場合能照顧好自己嗎？」

「柯太太，」我說：「不論什麼場合都能招呼得很好。」

丘先生仔細看了我一下。「這樣的呀！」他說。

「你為什麼需要一個有男也有女的偵探社呢？」我問。

「我要替一個年輕女人請個二十四小時保鑣。當然，夜班的要請個女的，白天自然以男的為宜。」

丘先生又吹毛求疵地看著我。

「賴先生，你自己能應付暴力場合嗎？」他問。

「我避免暴力場合。」

「你的體格，和私家偵探不是挺能配合的。」

「沒錯，」我厭倦地回答，「既然你想找的是用體力來保護一個年輕女士的保鏢，我看你最好找別的偵探社幫你的忙。」

「嗨，等一等，等一等，」他說，「我沒這樣說，不要亂扣帽子。我的事情非常奇怪。老實說有點空前絕後，也許有一點危險的可能性，不過我聽說你最能臨危不亂，你有從困難中殺出重圍的美名。」

「傳言總是誇大的，靠不住的，」我告訴他，「目前最重要的是你要不要和柯白莎一起討論一下你的事？你看她快要離開了，她幾分鐘之後還有一個重要的約會。」

「很好，」他說，「我想和你們兩位一起談談。」

我把電話拿起，請總機接通白莎的私人辦公室。

聽到是我的聲音，白莎說：「又怎麼啦？」

我說：「有一位丘家偉先生在我的辦公室裡，他想請個二十四小時保鏢。我白班，你夜班。」

「狗屎！」白莎說，「一天十二個小時？他幹什麼，壓榨勞工？告訴他，去他的！」

我說：「他來找我們，因為要保護的是個年輕女人，所以特別要找有男有女的偵探社。男的管白天，女的管晚上。」

「也因為你們公司有信譽，很多人介紹。」丘家偉建議我加這樣一句話。

「等一下，」白莎說，「你有沒有跟他討論過要加多少錢，補償超時工作？」

「還沒有。」

「那就先別談，」她說，「你這小子聽人一訴苦，心就軟了。把他帶到這裡來，由我來對付他。」

「你今天早上不是有個約會嗎？」我問她。

「只是和個該死的牙科醫生。」白莎說：「叫他等沒關係，把那傢伙帶來。」

我把電話掛上，說道：「柯太太有一個約會馬上要離開，不過我們現在立即去看她，她可以簡短地見你一下。」

「那就快過去吧。」他說。

我帶他走出我的私人辦公室，經過接待室，進入白莎的私人辦公室。

柯白莎是一艘一百六十五磅重的戰艦，接近六十的年齡，像是一捆有刺的鐵絲網，從她坐著會吱吱叫的迴旋椅上抬起頭來看我們，目光閃亮，一如她手上的大鑽戒。

「丘先生，柯太太。」我為他們介紹說。

「哈囉，丘先生。」白莎說：「請坐，我還有五分鐘空。告訴我，想幹什麼？」

丘先生對於別人主動式的會話場合不太能適應。他再把肚子收起一吋，站在那裡，向坐著的白莎仔細看了一下，好像在告訴大家，要發命令的人應該是他。

他的凝視和白莎的瞪視交換了一下眼神，他過來坐下。

「說吧。」白莎說。

丘說：「這裡有一張我的名片，我是鉬鋼研究開發公司執行委員。任何情況之下，不能把我的身分洩露出去，而且這件案子也不可以和鉬鋼公司的其他執行委員發生關係。」

白莎看看手錶：「要保護的女人叫什麼名字？」

「是我的機要祕書，她是我很重要的一員助手，我不能損失了她。但是，如果目前的情況不能處理，或處理不夠快，我將會失去她的服務了。」

「她叫什麼名字？」白莎重複地問。

「稽瑪蓮。」

「她住哪裡？」

「離我們公司不遠的一個公寓裡。柯太太，我想你也許有了不正確的概念。」

「哪一點？」

「你也許認為裡面會有私人的因素。沒有，這完全是公事。」

「你要我們做什麼？」

「稽小姐收到很多恐嚇信，也受到多次的騷擾。有人整夜給她多次打電話，她拿起電話可以聽到對方重重的呼吸聲音，而後就掛斷了。這些給稽小姐打擊很重，精神都快崩潰了。」

「那傢伙想要什麼呢？」白莎問。

「顯然沒有什麼目的。」

「該去看郵政局的檢查人員！」白莎兩眼如鷹地看著他說，「對付恐嚇信他們比私家偵探有效得多。」

「我們一直沒有考慮郵局有關單位的協助，因為我們不願把事情張揚出去，引起太多的注意。」

「有沒試試換一個不登記的電話？」白莎問。

「換過兩次了，一點用處也沒有，換了之後，電話照來。」

「在電話上裝一個零件，限制它只能響幾下，自動停止響鈴。」白莎說。

「這一點我們有猶豫，因為稽小姐有一位身體不太好的母親在鹽湖城，她要隨時可以知道媽媽的消息。」

「說吧，」白莎看看她的錶，「我的時間完了，你要什麼？」

「我要你和你的合夥人輪流工作。你做夜班，賴先生做白班。」

「沒有第三個人？」

「沒有第三個人，」他說，「我要你們偵探社最高級人員參與。」

「那就變成了一天工作十二個小時。」白莎指出這一點。

「我的數學根基當然懂得二十四除二是多少。」他說。

「我的意思是，」白莎告訴他，「這些都要算加班的。」

「這在我預計之中。」

「你們公司會照付？」白莎問。

他急急地說：「這與你們偵探社無關，你們只開賬單給稽瑪蓮，我保證錢會照付。」

「保證倒不必。這一類工作要一百五十元一天，開支照實報銷。」

「這不貴了一點嗎？」丘家偉問。

「一點也不貴，」她說，「還便宜呢！我本來想說兩百元一天的。一天工作十二小時，會累死人的。」

「好吧，」丘說，「就是一百五十元一天。」

「有什麼特別目的？」白莎問。

「我要找出來是什麼人在搞鬼。我要這些事有個結束，我要斬草除根。」

「這些根老早已經變成草了，」白莎說，「你對我們說，你個人和她的關係只是雇主和祕書，但是你肯花一百五十元一天來使你祕書安心工作，你認為我們是傻瓜？」

丘說：「柯太太，我不太習慣別人對我說的話有疑問。」

「那你應該說些容易叫我們相信的話。」白莎說。

「我只說我會保證你們得到服務費，同時不要你們提起我的公司。我並沒有說公司不會事後償還我這筆錢。」

我說：「我來把事情弄弄明白。不論是什麼人付錢，我個人必須要有一個客戶名字，此後可以向他忠心，一切作為都以他的利益為中心。照目前情況，雖是你付的錢，但是我們保護的是稽瑪蓮。我們會儘量保護她，而且只保護她一個人。」

「我就是要這樣，」丘說，「我也正想這樣告訴你們。我關心的是她，你們只要保護她。」

「好，」白莎說，「這一類工作，我們不接受保證或記賬。你先付四百元，要現錢。這差不多是兩天的工資及開銷。兩天之後，我們會給你報告，到時候繼續或是中止在你。」

不等丘先生開口，白莎又接下去說：「假如我們找到了那個搞鬼的人，你要我們怎麼辦？」

「隨便怎麼辦，只要阻止他再幹。但千萬不能張揚出去，絕對不要引人注意。」

白莎說：「我現在就可以給你一個差不多的猜測。要不是你在向這個寶貝搞不清楚，就是這個寶貝在向你搞不清楚。你們公司裡什麼人不喜歡這件事的發展，就搞點事情叫你們忙一忙。」

「給你一個很明顯的反證，」丘先生一本正經，不動聲色地說，「假如我認為是如此的，我會來找你們嗎？」

「你結婚了？」白莎問。

「是的，但是和這件事無關。」

「何以見得？」

「我知道，你相信我的話就可以了。」

「這女祕書為什麼如此值錢？」白莎懷疑地問。

「她清楚我的工作。她和每個人都處得好，她對於人的面孔過目不忘，見一次就知道姓什麼的、做什麼的。我天生有這方面的缺點，容易張冠李戴，常要她來提醒。

「稽小姐要是幫助政客的話，會非常有用，即使幫助我也已經使我不作第二人想了。」

「她跟你多久了？」我問。

「大約八個月。」

「進公司多久了？」

「一樣久。」

「她是什麼背景？」

「我不太知道。她從鹽湖城來的，在職業介紹所找工作。正好我需要一個祕書，他們送她來試一試。我覺得她還合適，給她一禮拜的試用。於是我發現她驚人的認人能力——我們這一行極重要的要件。」

「你從來沒有去過她的公寓嗎？」白莎問。

「我可沒這樣講。」丘先生說：「因為公事我去過。是的……就為了討論這件事我去過。這件事當然不能在辦公室裡討論，尤其是像我們這一行一樣敏感的事業。」

「你們這一行是什麼樣的事業，」白莎問，「你卡片上說的鉬鋼什麼，對我一點意思也沒有。」

「不必對你有什麼意思的，」丘先生一面說，一面站起來，從口袋中拿出一大卷鈔票，數了四張出來又說，「柯太太，假如你給我一張收據，我會給你稽小姐的地址，你們可以馬上過去開始工作了。我是說賴先生可以立即去做白班，你可以準備晚上去接他班了。」

「等一下，」白莎一面在簽收據，一面抬起頭來說，「假如她是你的祕書，她白天應該在辦公呀！」

「她在這件事澄清之前，暫時休假不上班，」丘先生說，「她住在耐德路的耐德公寓，公寓房間六一七號。我沒有她電話號碼，她電話最近又曾換過，電話簿裡是沒有名字的，所以必須過去才能把情形向她說明。賴先生只要簡單的告訴她我聘請了你們偵探社，她會瞭解的。我和她討論過這件事。」

丘先生把胃部一收，把上衣扣上，自臀部彎身一鞠躬，說：「所有其他資料你們都可以問稽小姐。你急著有事，我的時間也值錢——非常值錢。」

丘先生走出辦公室。

白莎看著我說：「這王八蛋還假裝不是她的聖誕老人！」

我什麼也不說。

白莎歎口氣道：「真恨不得叫他不要憋著氣，肚子該垂下來就讓它垂下來好了。男人一過三十五，老是還想二十二歲時候的體型，裝模作樣的，噁心。

「好了，唐諾。你現在先去看看這個不上班還在支薪水的祕書，是什麼樣的貨。這幾天白天我會一個人留在這裡辦公的，你別管了。今晚九點鐘我來接你班。」

「九點鐘？」

「我們說好就可以了，」她說，「九到九。有一點你給我記住，我們的開支費用只有一百元，你和她去吃飯，讓她去拿賬單好了。」

「我們兩天有一百元可開支，」我說，「我們有錢可以——」

「你又來了，」白莎說，「由她付賬，再不然建議她在家裡由她煮給你吃。」

「看牙醫，你要遲到了。」我提醒她。

「不，不會的，」她說，「我還可以遲一刻鐘動身，我老騙外面小姐和我自己一刻鐘時間，如此給我點彈性，否則我老是會趕不上。我那牙醫的護士最該死了，約定時間不到一分鐘，她立即換上別人應診。要不是這個牙醫生真的不錯，我早就把這該死的護士揍一頓了。」

她自己從轉椅撐起，說道：「我們又接了件案子，是嗎？照顧嬰兒。」她向門口走去，回頭又說：「看來丘先生妒忌心蠻重的。唐諾，不要去調戲我們的嬰兒。」

第二章　沉重的呼吸聲

來應門的年輕女人大概二十七歲，金髮、碧眼，曲線很好，面孔清秀聰明。但是眼光像隻被獵受驚的動物。

「稽小姐？」我問。

「是的。」她小心地說。

「我是柯賴二氏偵探社的賴唐諾，我們受僱來做你的保鏢。」

「喔，是的。」她說。

「你知道這件事嗎？」我問。

她站在門口說：「給我看看你的證明。」

我給她看我證件，她仔細地看著，微笑道：「賴先生，請進來。」

這是個很好的公寓，雖然客廳裡有個壁床，但是我可以確定這是個兩房公寓帶個小廚房。

「請你原諒我對你那麼小心，」她說，「最近我受到太多騷擾了。」

「我知道。」我告訴她。

「我想像中你會是……會是一個——一個重一點的人。」

我說：「這些騷擾都是精神方面的，還是肉體的？」

「精神方面的。」

我就什麼話都不說，過了一下，她神經地笑著說：「你表達意見的方法滿有意思的。」

「賴先生，你請坐。你就暫時把這裡當作家裡好了。因為我們會在一起生活好多天，我看你應該叫我瑪蓮，我也叫你唐諾。」

「最後一件這種東西，剛從限時專送送來。我感覺相當不愉快。」

「你什麼意思——『這種東西』？」我問。

「這一件在桌子上，你可以自己看。」

「那封限時專送信？」我問。

「是的。」

我從手提箱中拿出一副手套、一把夾子，把信取起。

「手套、夾子，幹什麼？」她問。

「我不想弄亂上面的指紋，所以我都是抓住信紙的邊邊，越邊越好，自己也不留下指紋。」

「紙上是不會留下指紋的。」

「你說話有專家的口氣，你請教過警察嗎？」

「沒有，但是丘先生說在紙上是收集不到指紋的。只是有的時候，偶或用碘蒸氣可以顯出個把指紋來。他說從紙上取指紋是沒什麼意義的。」

我把信紙從信封裡取出，又把它展開，握在紙邊上。

這是用從報紙上剪下來的字，貼成的信。內容說：

離開，離開，趁不太晚之前快離開。我們是當真的。有不少事你不希望公開，就快離開。

我小心地把信折好，放回信封裡，仔細看地址。

收信地址本市耐德路耐德公寓六一七房，和收信人稽瑪蓮小姐，都是用最普通隨便哪個印刷所都買得到的鉛字組合，用手印出來的。不過可以看出右手側比左手側力道輕一點。

「這是第十封。」她說。

「都一樣的？」

「都差不多。」

「其他的信你怎麼處理了？」

「我都留著。丘先生認為應該燒了它。但是——反正事情一旦變得嚴重，我一定去找郵政局的人，不管別人怎麼說，我還是會去。」

「你說一旦變嚴重，是什麼意思？」

「我不知道——變壞吧。

「在我看來，已經壞到不能再壞了。我精神已經崩潰了。他們說我可以兩個禮拜不去辦公，他們以為我病了，不知道我真的已經受不了了。」

「辦公室在哪裡？」

她突然懷疑地看著我。「你應該知道的呀！」

「我只是想查對一下，現在也該輪到我了。」

「你不必用這件事來查對呀。」

「用什麼呢？」我說，「這樣吧，還有其他什麼恐嚇嗎？」

「都是些差不多的。」她說。

「信裡說有不少事你不希望公開？」

她不吭氣。

「是和你過去有關？」我問。

「我想每個人，在過去中都會有一點……有一點……」

當她聲音自動停止之後，我說：「那些電話怎麼樣？」

「電話來的時候像神經病，」她說，「一小時之內來了四、五通，然後好久也沒有一通，之後又一下來兩、三通。」

「內容是什麼呢？和信裡相同的嗎？」

「電話不同，電話響了，我拿起聽筒，可以聽到對方重重的呼吸。」

「男人或是女人？」

「老天！說不出來，像是大肚皮男人，那呼吸的聲音，也可能是女人裝出來的。」

「之後呢？」

「電話那邊一直不掛斷，我就掛斷了。」

「有說過話嗎？」

「從來沒有。」

「你和丘家偉到底什麼關係？」

「他是我的老闆。」

「到底什麼關係？」

「我是他祕書，我跟他工作快一年了。」

「到底什麼關係？」

她平直地看著我的眼：「你的問題和任務指示不配合吧？」

「我的任務指示是找出來——這些事情幕後是什麼人在搞鬼，把它停止。你也希望如此，是嗎？」

「是的。」

「你和丘家偉到底什麼關係？」

「關係很好。」

「他結婚了？」

「是的。」

「他到這個公寓來過？」

「有時。」

「他也聽到過這種電話？」

她猶豫一下，搖搖她的頭。「沒有。」

「為什麼沒有？」

「他不是常在這裡，電話又不是那麼多。我告訴過你，電話是有神經病的，說來就來了。」

我說：「目前主要的工作是，下一次那個人來電話時，逼他說話，你想會不會是一個妒忌的太太？」

「我不知道會是誰。」

「每次你都是拿著電話什麼都不說？」

「大部分時間我只是嚇得呆在那裡。以前我試著說話，最近我都不太開口。」

我說：「今後你要試著講話，試著說些話逼他開口。」

「說什麼可以有用呢？」

電話鈴響。

她聽到電話鈴跳了一下，好像什麼人刺了她一下，自然地她傾前伸手想去接聽，突然她的手停在半空。她用驚恐的眼神看著我，「這可能是囉。」她說。

「看看是不是。」我說。

電話還在響。

她說：「喔，我希望不是，希望不是。我們剛換了電話號碼——新的沒登記的電話。我希望不會再有這種電話。」

電話還在響。

我指指電話。

她拿起電話說：「哈囉。」隨即她臉色現出恐懼。她向我看看，點點頭。

我走到她身旁，從她手中拿過話機放到耳上。我可以聽到沉重、詭異的呼吸聲。

我說：「嗨！見不得人是嗎？要知我是誰嗎？我叫賴唐諾。你等一下查查看，我就是要把你揪出來送你進監牢裡去的人。」

我停下，電話那頭呼吸聲照舊。

「你要知道我認為你一定見不得人，是嗎？因為你裝模作樣多，真正做事少。不敢站出來見人，連話也不敢講，一事無成，因為你膽子太小，只會像狗一樣呼吸兩下，嚇不倒人的。」

電話那頭沒開口。

我大笑。「從今以後，你要顯點本事才行，光這樣沒有用。」我說，「你還有什麼本領嗎？」

除了重重的呼吸，沒有別的聲音。

我說：「你以為這種電話不容易找到什麼人打來的，但也不是不可能，只要我們捉到你，你有得好看了。用信件來恐嚇人，罪不輕呀。

「另外，」我一個人說下去，「最後一封信你出了錯。你的手在漿糊裡弄髒了，留下了一個漂亮的指印，你看怎麼樣？」

我停止說話，對方已經把電話掛斷了。

我把話筒放回電話。

「怎麼樣？」她問。

「他掛斷了。」

「他掛斷了？」

「是的，他掛斷了。」

「為什麼？」她說，「這是從來沒有發生過的，通常都是我先掛斷，他是絕對不先掛斷的。」

「你有沒有像我一樣對他講話？」

「沒有，當然沒有。我哪敢！我會問他是什麼人，為什麼不斷打擾我。我會說我又沒得罪他們——這一些話。但我從來沒敢像你一樣對他凶。」

「也沒有得到過回答？」我問。

「除了重重呼吸之外，沒有回答。」

「從來沒有聽到聲音？」

「從來沒有。」

「這一次換這個沒登記的號碼，多久了？」

「這一次換號還不到二十四小時，而且是機密進行的。」

「你自己辦的？」

「不是，是丘先生找到在電話局服務的人辦的，全部過程十分機密。只有我媽媽和她護士知道電話改了——還有媽媽的醫師。」

我說：「好了，該看的都看到了，目前電話也來過了，信也看到了……除此而外，你沒有在半夜裡或是洗澡的時候，有人來敲過門吧？」

我把電話拿起，接通常為我們辦事的錄音公司，我說：「我要一隻小的電話錄音機，要最好的，聲音最真實的。馬上送到耐德路耐德公寓六一七號來，越快越好，記在柯賴二氏賬上。」

我看看錶，相信三十分鐘內錄音機可以送到。

把電話掛上，我坐到一張椅子裡去。

「可能還會有電話來，」她說，「有時一小時、一小時半之內會來二、三次電話。」

「沒關係，」我說，「就讓我來和他談談，或者說由我來說給他聽聽。機會難得，以前我說話總有很多人插嘴。」

「錄音機有什麼用？」她問。

「我要把這呼吸的聲音錄下來。」

「什麼意思？」

「每個人呼吸的方式不同，」我說，「別人對你用測謊儀，他們查你出汗及血壓。你去看病，他們查你體溫，脈搏，一樣的。我要查查看，這個人是故意假裝大聲呼吸，還是真的有病，需要如此呼吸。」

「呼吸也真是重，」她說，「我想是故意裝的。」

「我也認為是裝的，」我說，「假如不是裝的，他一定有氣喘病，或是心臟病。

再不然——就是才爬完高樓就打電話。」

「我和美容院說好今天下午去，」她說，「我的保鏢，怎麼辦呢？」

「我跟你進去，坐在裡面陪你。」我說。

「你有必要這樣盯著我？」

「一分鐘也不給你離開我視線。」

「這實在是有一點……可怕的不方便。」

「是會有一點可怕的不方便，」我問她，「結過婚嗎？」

她猶豫了一下，說道：「是的。」

我說：「好，這樣好一點，至少受得了，就當我是你丈夫好了。」

她神經質地大笑：「真要這樣嗎？」

我老實告訴她：「那倒不必。」

電話錄音機在四十分鐘內送到了。我們去美容院，我坐在椅子中看瑪蓮洗頭、吹風、做頭髮、修指甲。很多人以為我是她拖車或是聖誕老人，在店裡的人都注目地看我。

我們回到公寓，我把錄音機裝到電話上，大概二十分鐘之後，電話鈴聲又響起了。

瑪蓮點點頭，我把電話拿起。

「哈囉，」我說，「我希望沒有令你久等，剛才我們出去了一下。我們不在沒有使你不便嗎？」

對方沒有說話。

我說：「你上次來過電話後，我發現把這件事交給聯邦調查局，會比我們自己處理好得多。當然，他們叫我們保守機密，不要告訴任何人。但是我覺得該給你一個公平的警告，你是一個新手，事實上你一直在我們的控制中。」

我停了一下，聽對方的呼吸聲。

我又說：「把你電視機打開，你可以看到很多廣告，對鼻塞、鼻竇炎都有用，你可以買一點，免得呼吸如此困難。」

「事實上我想你是裝出來的，你站在鏡子前做鬼臉，心裡想怎樣嚇一嚇這個女人。」

我大笑，呼吸聲繼續了一下，對方又先把電話掛了。

「他又掛了？」瑪蓮見我把電話掛起，主動地問。

我等了幾秒鐘，拿起電話撥報時台。

一個女聲報告：「五點——十七分——十秒。」又接著：「五點——十七分——十二秒。」

我把電話放回，自己也把錶對好。

「這是幹什麼？」瑪蓮說。

「錄音機？」

「不是，我是問時間。」

「我只是計時。很多情況下，時間因素還是很重要的。」

「我不懂。」她說。

我說：「這是警察的標準作業。當他們有一連串小偷案件的時候，他們把大頭針一個個插在地圖上有案子的地點，用不同顏色的針尾表示不同的作案時間。最後，經研判可以知道罪犯的個性和習慣。」

「但是，我看不出時間和我們這件事有什麼關係。」

「只是做個記錄，」我說，「我也要一個呼吸聲音的記錄。我們吃飯怎麼辦？」

「我帶你出去吃飯，」她說，「我有開支錢。再不然，為你好看起見，我也可以把錢交給你，由你去付錢。」

「你付，」我說，「這樣列你的開支賬，免得你列支多少錢給我，我再列開支。夜班的九點接班。我們必須九點回到這裡，再不然通知她到吃飯的地方來接班。」

「喔！我不在乎早吃飯，」她說，「不過，問題來了。我要沖個涼，換件衣服。」

「那扇門是臥室，浴室在裡面？」我問。

「是的。」

「公寓只有一個出口吧？」

「是的。」

「你儘管去沖涼，門不要關，我保證不偷看。你要有事可以叫，我就在這裡。我不希望有人爬防火梯來搗蛋。」

「我告訴過你，除了限時專送和電話，從來沒有其他騷擾。」她說。

「當然，我知道。但是這並不表示絕對不會發生，」我說，「我是你的保鏢。」

「我懂了，」她說，「我的身體是鏢，你的力量是保。」

「差不多就是這樣。」

「看起來關係親切，」她說，「不過，老實說，過習慣了我就會喜歡這種關係的……我朋友少，又孤單一點。現在你在這裡，我──我覺得你很稱職，知道自己在幹什麼。」

「謝謝。」

「你的合夥人是怎樣一個女人？」她問：「有同情心嗎？」

「沒有。」

「沒有？」她驚奇地問。

「白莎不太相信那一套。」

「她相信什麼?」

「行動、效率和現鈔。」

「她多大了?」

「差不多六十,也許五十五。」

「很棒?」

「像一捆帶刺的鐵絲。」我說。

「壯?」

「像條公牛。」

「唐諾,告訴我,她和你處得來嗎?」

「她有時候喜歡我,」我說,「有時候恨死了我,我給她刺激太多了。」

「為什麼要刺激她,唐諾?」

「因為,」我說,「她的作業方式死板,我不喜歡被牽住。」

「聽你講來很有意義,我已經感到興趣了。我也不太難過了。」

「快去洗澡。」我告訴她。

十五分鐘後，電話又響了。瑪蓮在浴室。

「怎麼樣？」我問，「要我來接嗎？」

「不要，萬一是我媽，而一個男人去接，我要花好多時間才解釋得清楚。等著——我自己來接。」

電話不斷在響，我聽到光腳走路聲。她經過我前面，除了一條毛巾匆匆自脅下包住，身上什麼也沒有。她用右手努力抓住毛巾不使它落下。

她說：「哈囉。」然後我看到她僵在那裡。她向我點點頭。我看一眼確定錄音機在自動錄音，我把話筒接過。

話筒那頭呼吸聲沉重地響著。

我說：「你今天真忙呀。鼻竇炎好一點了嗎？我剛才罵你，你急著想報復是嗎？但是你沒有種，不敢出來面對現實，所以又搞這種不值錢、下流的電話把戲。」

稽瑪蓮完全被現行的方式吸引住了，忘記了沒穿衣服，聽我說話，仔細看看錄音機操作情形。

我把錄音機撥到發聲位置，使她也能聽到對方呼吸的聲音。

我說：「你的聲音嚇嚇女生和小孩還可以，但是對我這樣個男人就沒什麼意思。你敢不敢站出來，膽小鬼？也許你是個女人，一個從沒人關心過的女人？從來沒人提起過你的名字，所以妒忌每一個漂亮女人，尤其是那些有正常女人樣子的女人。

「你一定是女人，或是膽小鬼。你——」

一個男人的聲音自那頭傳來：「你！自以為聰明的王八蛋，你要被我捉住的話，我——」

電話自對方砰然掛斷。

我撥電話，報時台。

小姐的聲音說：「六點——五分——四十秒……」我掛上電話。

「好了瑪蓮，」我說，「我們現在知道這是個男人。我們知道他有個缺點，他經不起激。」

「唐諾，」她說，「你真是厲害。」

突然她發現目前穿的樣子，叫了一聲，一溜煙經過臥室回進了浴室。

我把自己手錶與報時台報的時間比較，差不了一、二秒。

我們出去吃晚飯。八點三刻回到家，一封限時專送在等著。

我把整封信在燈光下一照，裡面信紙上一塊塊大小不同的，一定是報上剪下貼起來的東西。

「這一封，」我說，「我們不要去拆它。」

「不拆？」她說，「為什麼？」

「為什麼要拆？你知道裡面說什麼？」

「我知道，但是我想看——也許，你可以找到線索——」

「倒也不是，」我說，「到最後也許我們要告這傢伙——利用郵件恐嚇。假如我們拆了這封信，他會說我們自己寄個空信封給自己，誣陷他寄這裡面的東西。目前我們不拆封的話，封口上看得到有郵戳，信封上有郵票，郵票上有郵戳，都看得到上面的日期。我們將來把原信未拆地交給地方檢察官。地方檢察官交給陪審團，陪審團看過封口後選一個人把它拆開來，唸裡面的內容。

「這是最好的證明，證明這東西自郵件而來。」

「唐諾，你什麼都知道。」

「這些是我們這一行常規工作而已。」我說。

幾分鐘之後，門鈴響了。

「恐怕又有限時專送了？」我問。

門鈴一長二短。

「喔，是丘先生。」她說。快步向門，把門打開。

「喔，丘先生，我們有不少進展，我看我們有成績。唐諾裝了個錄音機，把對方激怒到開了口。這是第一次聽到他聲音。現在我們知道是個男的，不是女的。」

丘家偉看了我一下。「你怎能辦得到的，賴？」他問。

我說：「我只是不斷刺激他，不管他是什麼，罵他一些男人受不了的，又罵他一些女人受不了的。然後說他，不是這一種就是那一種。」

「你確信這是個男人？」

「我想沒錯。」

「這是什麼，是電話錄音機？」

「是的，」我說，「我已把他聲音錄下來了。」

丘說：「我只是來看看一切有沒有問題，再看看你的合夥人會不會來。我希望稽小姐今天晚上不會沒有保鏢。」

「白莎會來的，」我說，「事實上，這一定是她。」我聽到門鈴聲，加了一句。

瑪蓮過去把門打開。白莎說：「我想你是稽瑪蓮。我是柯白莎。」

白莎把瑪蓮向邊上一推，自己已跨進了房間，看看丘先生，她說：「喔，你在這裡幹什麼？」

「只是來確定一下，你會準時來這裡。」丘說。

白莎不客氣地說：「我說過會來，當然會來，又不是玩家家酒。」

「我只是希望你能來。」

「這不來了嗎？」

丘說：「對這件事我不希望大家有誤會。柯太太，臥房裡是兩張一樣的床，稽小姐睡慣了那一張，另一張我要你晚上睡。我要你每一分鐘都陪著稽小姐，直到明早唐諾來接你的班。」他轉向我又說：「唐諾，明早你來的時候應該自己已經吃過早餐了。稽小姐和柯太太也吃過早餐了。然後你們交班，白天由你負責。」

丘先生把肚子一縮，一副發號施令的味道。

我對白莎說：「電話錄音是自動的，拿起話機，雙方的對話都進去了。對方不講話就錄他呼吸聲。每次錄完就打電話報時台錄個時間。」

「你搞這些幹什麼？」白莎問。

「證據，」我說，「還有，假如再有限時專送來，不要打開它，留著做證據。在信角下記下收到的時間，你簽個字，不要把封口打開。」

「可以。」白莎說。

瑪蓮伸出手來說：「唐諾，我們明天早上見。」

「明天見。」

她有信心地向我笑笑，眼光在我臉上停留了三、四秒鐘。

我說：「大家晚安。」走了出去。

第三章 跟蹤與脫逃

我走出公寓，進了公司車子，沿著耐德路要找一個可以觀察耐德公寓出口的停車位置。

我找到一個很合適的位置，把車倒退到路邊，停車等候。

我等了三十分鐘，才見到丘家偉走出來。

他很快地走了半條街，到他停車的地方。他的心裡有事，所以對四周會發生什麼完全沒有注意。他望也沒有向後望一下，但看過兩次手錶，好像和某人有約會已遲，不知對方會不會繼續等他似的。

他發動車子，我沒有開燈跟了他一條半街，冒一點被警察捉住的危險，但我不想引起他的注意。也許根本不必如此小心，但謹慎總是好習慣。

丘先生把車開到好萊塢大道之北，拉布里雅路之東，新開的一個酒吧，把車停進這酒吧專用的停車場，他走進去停留了二十分鐘。

出來的時候，一個四十才出頭的寬肩男人伴著他。那男人把自己體型保持得很好，他是有權力派，說話時手勢強調得厲害。

他站在丘的車旁，和丘談了一分鐘的話。明顯的都是他在講，因為，不時地他會用食指戳向丘家偉的胸口，而丘只是小心地聽著點頭。

然後，他們握手，丘進入自己的車子開走。

我不敢緊跟丘家偉在開的車，另外那傢伙會看到有車子在尾隨他。但是我也不願追丟了他，他已經離開我有半條街遠了。我把車子慢慢前進，故意左顧右盼望向兩旁街上，像在找一個地址，對前面的車子一點也不關心。

那和丘家偉談過話的男人開始發動他自己的車子。我開過他前面時，看他爬進一輛奧司摩比車子。

丘先生車子開始快起來，他是想趕到什麼地方去。我才到街上時他已經在一條街外了。很多著急著趕路的車子已經在我們中間了。

我已經記住丘的車號。只要他不轉彎，掉不了的。

在法蘭克林路他左轉了。我們大家向西走拉布里亞路上。

拉布里亞路再向前會和日落大道相接，我有個感覺他會在日落大道左轉，所以我不到日落大道，自顧左轉到拉布里亞路的南面去。一轉彎立即加油，在第一個交叉轉向西面，先到日落大道去，一面開一面等。

丘先生車來的時候，正有一輛快車超過我又超過他。我又讓一輛車超過我後，跟了上去。

丘先生的車停向一個加油站，我落後一點慢慢移動，好像要找個地方停車，看到他走出車來，走進一個電話亭。我沿了加油站慢慢轉圈。

我第一圈轉回他才把電話號撥完。

我看看時間把時間記下來。他掛上的時間是十時零七分。

我開到下一個街口，把燈熄了，在路邊等。

丘先生回到車裡，向前開了六條街，去找了一個有公用電話的加油站，又進了公用電話亭。

我注視我的錶，他掛上的時候是十點十六分二十秒。

丘先生打完電話，急急開車。他開到羅德大道即左轉進入大道。

我把車停住，專注於他的尾燈。

他下去了三條街之遙，我不開燈地跟著。

突然，我看到他的煞車燈亮起，車子一搖，煞車燈熄掉，車子快速向前，右轉燈又亮起。

我把燈亮起，向前在第一個十字路右轉，又在第二個十字路左轉，在和羅德大道平行的路上向前看。

幾秒鐘後，前面可以看到丘的車九十度經過。開很快，街燈照射下，我看得很清楚，他在望後照鏡裡猛看，有沒有車跟在後面。

剛才他右彎彎得很突然，車胎在地上吱吱叫著。

什麼事，使他提高了警覺，一定是在羅德大道上。我決心去看看。

我回到羅德大道，回想他突然臨時決定轉變是在二、三條街前。我慢慢前進，沒有事。突然我看見了！

一輛警車，停在一個車道上，兩個便衣在裡面抽菸；一看就知道是什麼身分。他們只是在守著，守株待兔。

我向前開，想要右轉，就像丘先生才做過一樣。

突然，一條街後一對車燈亮起。

我猛踩油門，同時右轉，向前急開一條街，又立即右轉。

我後面的車在十字路口猶豫一下，看到了我，把燈熄了。

這些便衣起先想不使我知道，跟蹤我一段再說。

我只當完全無知，和他們玩一玩。我假裝左轉，改變主意，轉向右側，加快了速度，又突然來個迴轉。跟我的車自正面和我交錯而過，我來一個快速左轉，立即轉入第一條入眼的私人車道，停車，關燈，熄火。

警車又在我車尾後呼嘯而過。

我停車車道裡面的房子亮起燈來，一位穿了浴袍的男士開門出來。

「有何貴幹？」他問。

我爬出車來。

「比爾？」我有把握地稱呼著。

「什麼比爾？」

「當然是張比爾囉。」我說。

「我不認識什麼張比爾。」

「他不住在這裡？」我問。

「不住這裡。」

「對不起，」我說，「我拿到的是這個地址。」

我回進車裡，發動車子，退出車道。我開了半條街，又把車靠邊。我想剛才的警官們也許已經有了我的牌照號碼。他們要追究的話，我最好要有一個好一點的理由。他們追問我的話，我絕不敢說丘先生車在這裡經過過。目前我自己知道太少，要避免別人問我為妙。

我現在的位置看得到羅德大道，離丘先生想轉入，因為有警車而改變主意的車道不到三條街。

一輛大的奧司摩比車搖擺經過，左側有點凹下去，一輛計程車經過，沒見警車回到他們守株的地方去。

又有一批車子經過，一輛福特、一輛客貨二用車我想是雪佛蘭牌，另一輛開得很快，我來不及看廠牌。

於是警車回來了。警官要不是沒見到我，就是沒注意我。

一輛和我開的公司車相同廠牌、相同年份的車，開過去，開得很慢，可以說在爬。我又看到那輛左面凹下去的奧司摩比，這次跑得極快。

我看看手錶，我在這一帶已經三刻鐘了。

我決定這一帶不宜久留。我把車右轉開溜。

我走了十條街左右，對面一輛車一個迴轉跟上了我。

我車左面發現閃光燈閃動時，我只好把車靠邊。

警車跟著停我後面，兩個警官中的一個慢步向我。

「有什麼不對嗎？」我說。

「看看你的駕照。」警官說。

我把駕照給他。

「賴先生，行照呢？」他說。

我把行車執照給他，另外一個警官跟了上來。

「柯賴二氏私家偵探，嗯？」他說。

「是的。」

「在這一帶幹什麼？」

「喔！只是開車兜一兜。」我說。

「有什麼認識的人，住在羅德大道嗎？」

「沒有。」

「你怎麼會轉到羅德大道上去？」

「我有嗎？」

「你自己當然知道的，不要油腔滑調。」

「我在尾隨一個人，到了這附近追丟了。我在這一帶兜了很久，再也沒有見到他的車。」

「什麼樣子的車？」

「一輛凱迪拉克。」

「說下去。」

我搖搖頭。

「聽到了嗎？」警官說：「說下去，不是開玩笑，是公事。」

「什麼樣的公事？」我問。

「警察公事。」

我說：「羅德大道下面出了一個車禍。我跟的車子主人是個證人。他很快開走。我想他不願被人請為證人。我要知道他是誰，說不定把他弄出來做證人，我可以弄到一點鈔票，所以我跟蹤他，一直下來看他去哪裡。」

「車號幾號？」

「等一下，」我告訴他，「你問三問四也太多了。我不能告訴你太多，這是我吃飯依靠。」

「再說說你跟蹤他的目的。」

「我要看他停車，我會去看他車子登記的車主姓名地址，然後我回去查那個車禍，把各方的車號記下，看有沒有人受傷，受傷到什麼程度。」

「你聽起來像殯儀館的人，專門在醫院急診室門口徘徊似的。兜生意，嗯？」

「我也聽說過有人幹這一行，」我說，「不過，我還沒有去兜生意，再說，我自己也有權可以做證人。」

「做車禍的證人？」警察問。

「我可以做證，我看到一輛車，他的位置一定見到車禍的詳情，但是他快快開走。」

「車號是什麼？」

我把記事本打開，給了他一個我記在最前面，專為這種被逮住使用的車號。

警官把車號記下。「好吧，」他說，「我暫時算你沒問題。記住，暫時不要回這一帶來。」

「為什麼？這一帶有霍亂？」

「因為我告訴你不要回來，就如此簡單。我們不要一個私家偵探在這一帶鬼混。」

「不見得，」我說，「我看這一帶一定發生了什麼事。」

「沒事，」警官說，「你走吧。」

我說：「好了。我走。剛才有一輛車不開車燈跟著我，我認為可能是我跟蹤的車發現我了，要把我逼到路邊揍我一頓。」

「那你怎麼辦？」警官問。

「我用了一個脫逃戰術。」我說。

「怎麼個脫逃法？」

「我突然迴轉，通過跟蹤我的車，轉了個彎。」

「他們又跟你了嗎？你怎麼辦？」

「我把燈關了，把車停了，等事情過去。」

兩個警官互相望了一下。

「嗯，」兩個人中一個人說，「你說的是實話。我們本來就在想你是剛才我們兩個在追的車子，但不能確定。」

「你說你們兩位是沒開燈，跟在我後面嚇人的人？」

「沒錯。」

「好呀！為什麼？」我有點賭氣地說，「你們要知道我是誰容易得很，亮亮紅燈，像現在一樣就可以了。為什麼要這樣嚇我？我以為又要挨揍了。」

「你常被別人揍？」警官問。

「我是個私家偵探，」我說，「而且我老喜歡單獨行動。」

兩位警官有意思地看著我。

我又說：「兩位為什麼不把紅燈亮起？為什麼會熄了燈追一個老百姓呢？」

「你看見我們在你後面？」

「當然，你們關燈的時候我就注意到了。」

「你沒看出這是一輛警車？」

「我怎麼會知道這是警車呢？」

「由我們來問問題，」警官說，「你回答就可以了。」

「我已經耽誤了半個小時，剛才想到的案子也泡湯了，而且被你們嚇得半死。」

「好，大家算了，」他說，「快些走吧！不要在這裡逗留。」

「好吧。」我說，開始發動我的車子。

突然，一位警官說：「嗨，等一下。」

我把引擎熄火。

「有一輛車，從羅德大道下來，就在你車子前面，他煞車，想靠邊，又決定轉向右去。那輛車是你在跟蹤的車，是嗎？」

「我認為是的，但是我不能確定。」我說。

「為什麼不能確定？」

「因為他離開過我視線一段時間，我本來不想太接近。」

「為什麼？」

「我不想讓他知道有人在跟他。」

「你已經跟他很久了，為什麼反而不敢走近呢？」

「實在因為不願引起他懷疑。我已經在車子很多的地方開近，弄到了牌照號，目前也等於夠了。再說我對開車的人有瞅到一眼，我不會忘記他面貌的。」

「那人最後向哪裡去了？」

「我不知道，我告訴過你，我把他追丟了。」

「好吧！」警官說，「你走你的，走越遠越好。我們今天這裡另外有事，不歡迎你們私家偵探在這一帶亂搞亂搗，走路吧。」

我點點頭：「汽車號碼的事，請不要告訴別人。這是我手裡牌當中的愛司。」

「好吧，」警官說，「走啦！」

我沿街向前開。警車開回向羅德大道的方向。

我開車來到警察總局。

我要找一個車禍。車禍必須是發生在下午九點四十分到十點十五分之間。地點一定要在好萊塢。位置也許相差一、二里沒關係，但是時間因素是騙不過警方的。車禍的大小也沒關係，撞死人脫逃到兩車互相小撞都可以，時間一定要在這一段時間之內。

像洛杉磯這樣的大城市，各種各樣大小程度的車禍每小時都有發生，有些損失小的根本連報案都懶得報。

我看交通意外報告，找到一則似還合宜。一個三十六歲名叫狄喬獅的，開了一輛奧司摩比，在拉布里亞路北段發生車禍，有點爭執是他在經過幹道十字路口時，有沒有停車讓幹道先行，還是自顧直開了過去。被撞的人堅持他沒有在路口停車，狄先生堅持自己曾經停車。狄車的後面有輛車被列為證人，另外還有一個證人是位女人。報告的警官除了上情外沒有結論。

我把地點、時間、車牌號，都記了下來。萬一警方再要查證，我有了一點保障。事實上，他們回頭想想再來查證幾乎是必然的。

我想今天工作已經夠累了，回到自己公寓，把公司車停在停車場，爬上床。時間是一點四十五分。

我把鬧鐘定在七點鐘。

第四章 熱巧克力中的安眠藥

九點不到五分鐘，我來到瑪蓮的公寓。

她和白莎已吃過早餐，在小廚房洗碟子。瑪蓮在洗，白莎在擦乾。

白莎逮住一個機會，向我眨一下眼睛，用頭向客廳一斜。

我在客廳裡坐下。

坐好了我就問：「昨夜睡得好嗎？」

「一覺到天明。」白莎從廚房裡喊道。

「瑪蓮，你呢？」我高興地問，「你睡得好嗎？」

「不太好，」她說，「正在要睡前，來了兩次那種電話。」

「什麼時間？」

「十點過不久，白莎有正確時間。」

白莎拿出一本記事本。「都記在錄音機裡，」她說，「我用我的時間和標準時間互相查對過。」

「第一通電話是十點零七分斷的。我撥電話報時台，標準報時十點零七分二十秒。第二通電話斷在十點十六分三十秒，也是標準時間。」

「之後就沒再打來？」

「沒有，只有兩通。我們正想上床，瑪蓮說這電話使她睡不著。」白莎猶豫一下，又說道：「這狗娘養的沒有嚇倒我，我一覺睡到了大天亮。」

「有說話嗎？」我問。

「晚上沒有，」白莎說，「只有沉重的呼吸。」

「你有刺激他？」我問。

「所有想得起來的都用過了，可惜沒有能夠出版，否則準是損人大全。」

「還有什麼事嗎？」我問。

突然，白莎說：「你一個人弄吧，親愛的。我去和唐諾談談。」

白莎把乾的擦碟布向水槽上一放，走出來向我坐的長沙發旁邊一坐。她把聲音降得低低地說：「不好玩了。」

「怎麼啦？」我問，也把聲音降得低低的。

「看看她臉，」白莎說，「眼淚都快掉出來了。」

「談下去，」我說，「怎麼回事？」

白莎說：「有人把我們當作二百五，只是我無法證明這一點，所以我假裝不知道。」

「出了什麼事？」

「這個小娼婦給我矇藥吃。」

「你怎麼知道？」

白莎說：「昨天上床前她做了熱巧克力。巧克力又是我從不拒絕的。她問我想吃點喝點什麼。我告訴她自從減肥後，一直想念睡前的熱巧克力。我們又說到我可能要用力氣保護她。我也想到偶一為之不會增加太多體重，保持力量也是重要的。反正左說右說她去弄了兩杯熱巧克力。我說我很高興她想得周到。」

「你想她放了藥了？」

「我現在完全清楚她一定放了藥了。」

「憑什麼？」

白莎說：「在上床之前，我看到她看我幾眼，眼光中有計算的樣子。我看出這小娼婦在想搞什麼鬼，所以告訴她我要去睡了，準備躺在床上假睡，看她做什麼。

「我躺在床上假裝睡覺，但是老天，唐諾，我就是張不開眼來。我曾拚命想把眼睛睜開，但是沒有用，一下醒過來已經是今天早上，嘴裡的味道和以前吃安眠藥時期，完全一樣。」

「你幾點鐘上的床？」

「那些電話來過後不久。我們兩個人都上床早了一點，她說電話很乏味。電話來的時候我們正在喝巧克力。」

「你認為她昨晚又起來，出去了？」我問。

「我怎麼會知道？」白莎說，「反正她做了什麼，我個人認為這個保鏢工作只是個藉口。照我的意思，我要立即給她好看。」

「不要那樣，」我說，「我也有一些好玩的發現。我們暫時什麼都不說，先陪了他們玩一陣家家酒。還有什麼事嗎？」

「我依次序一件件說給你聽。」白莎說：「今天早上七點鐘來了一件限時專送。」

「你怎麼處理？」

「你叫我不要拆開的。」

「不錯。」

「我們就沒有拆開。」白莎說：「現在在她一直放信件的那個小桌上。」

「還有什麼？」我說。

「電話在七點三十分來了。老花樣，重重的呼吸。」

「有沒有記錄時間？」

「有，不過我不知道會有什麼鬼用。」

「不必管這些。」我說：「還有什麼事？」

「八點鐘的時候，有個女人來電話。瑪蓮拿了電話不肯放，說是私人的電話。她做作著她認識她，而且是朋友間的閒聊。因為我在身旁，所以瑪蓮很小心地在說話。我說我要去洗手間，就進去把門閂上。我想她忘記了有錄音機，或者她根本不懂那玩意兒完全是自動錄音的。我離開這裡，讓她可以暢所欲言，以為我聽不到，然後，事後我們可把錄音帶倒回來聽聽她搞什麼名堂。」

「結果呢？」我問道。

「她的電話聊完之後，」白莎說，「她打了個電話給丘家偉，叫他一定要過來看她一下。她要他準九點鐘來。」

「你有沒有把錄音帶倒回來，聽聽她和女朋友到底聊了些什麼？」

「沒有，還沒有機會。我本來想你來了之後，我們兩個人捉住她，問清楚昨天晚上到底搞些什麼鬼。這當然撕破了臉，我們可以大模大樣當了她面倒帶，看她表情，會不會不准你聽她的私人隱私。」

「你相信她不會把錄音機關掉？」

「我相信她對這東西毫無知識，不懂得怎樣開關，反正後來她打電話給丘先生時，上面的小紅燈還在跳呀跳的。我沒有把揚聲器打開，所以她根本不知道錄音機在工作。」

「很好。」我說。

我從沙發起來，走向小廚房。

「白莎告訴我你有給丘先生電話？」我說。

「是的。」

「有什麼困難嗎，瑪蓮？」

「我受不了了。」

「又有電話給你？」

「是的。」

「像以前的一樣？」

「是的。」

「都在錄音帶上？」

「應該是的。所有電話上聲音都會錄下來，是嗎？」

「是的，」我說，「我來聽聽看，看能不能想到什麼特別的。白莎有沒有每次撥報時台？」

「我想她有。是的，最後一次電話正好七點三十分。」

「你們正好用早餐？」

「不是，是早餐之前。我又睡了個回籠覺。昨晚我根本沒睡好。」

「瑪蓮，別洩氣，」我說，「千萬別洩氣，因為他們就是要你洩氣，拿出勇氣來。現在我們來聽聽他說話時什麼聲音。」

我走回去，把錄音機開到倒帶位置。只稍稍倒了幾圈，再打開揚聲器。

我聽到重重的呼吸聲。然後是白莎滔滔不絕，邪毒的猛力抨擊，然後對方掛斷了。跟著是撥電話聲，遠處的電話鈴聲，一個女人的聲音，說著時間是十點零七分二十秒……十點零七分三十秒……然後是電話掛斷的聲音。

接下來帶子在走，什麼聲音也沒有。

我對瑪蓮說：「這是昨晚上的第一通電話、昨晚上第二通電話，但今天早上兩通電話的錄音哪裡去了？」

「我不知道，」她認真地說，「不在上面嗎？」

我看看錄音機上錄音次數的指示，說道：「騙我們有什麼好處？瑪蓮。你當然知道不在帶上，是你把帶子倒回來聽到第一次電話的結束，然後把以後的錄音統統洗掉的。」

她堅定地看向我：「我有權把我私人的電話對白洗掉。你和白莎受僱保護我，但沒有受僱探聽我的隱私。」

「你什麼時候把它洗掉的？」

「白莎裝模作樣去洗手間的時候。她那樣明顯的急著去洗手間，腦子裡想什麼清清楚楚。她對我私人電話非常有興趣。她表演了各種表情，要去洗手間，把門關上的聲音又響了一點，拚命開水，沖水大大忙著，給了我一個太好的時間，處理我認為是我私人的事務。她出來故意不看電話，就想要你來處理。這也是為什麼她急著要和你講話，放下廚房裡的擦乾碟子工作的原因吧？

「要知道我不是小孩，也不是昨天才出生。我根本不喜歡金魚一樣的生活方式。等一下丘先生來，我要告訴他我受不了了，我要走了。他僱用你們的，他可以叫你們走，反正我不需要你們了，我什麼都不幹了。」

門鈴聲響，一長二短，一長二短。

「這是丘先生來了。」她說。

她走過去，把門打開。

丘先生充滿精力地進來。「各位好，」他說，「又是所有人都到齊了。瑪蓮，又有什麼困難了？」

她說：「丘先生，我受不了了。」

「受不了什麼？」

「那些電話、那些限時專送、那些魚缸裡金魚的生活方式，保鏢到東到西跟著我。我不幹了，我要走了，你把看門狗弄回去！」

「你要去哪裡？」

「你永遠不會再知道了，」她說，「什麼人也不會再知道了。我要先確定沒有人跟蹤我，而後去一個沒有人知道的地方。我要在那裡多留一下，等事情過去再說。」

「什麼事情？」我問。

「我怎麼知道？」她向我生氣地說。

她又轉向丘先生說：「不必和我爭，我已經完全決定了。此外，我還要一點錢。」

「等一下，等一下，」丘先生說，「這一切對我太突然了。瑪蓮……我建議我們坐下來，好好談一下。而且我希望你在真決定前，能好好想一想。」

「我不要再想，」她說，「我只要確定沒有人跟蹤我。我什麼都準備好了，計畫好了。你身上有多少現鈔？」

丘先生猶豫了一下，拿出一個皮夾，拿出來一些鈔票。

「我正好有相當的現鈔，」他說，「大概有七百五十元。」

「我要三百——不，我要四百元。」

「但是，瑪蓮，」他說，「這一切——」

「你說你幫我解決，」她阻止他說下去，「現在，我要你照我的方式來進行。我們試過你的方式，不見得有用。你請來保鏢，我看一點用處也沒有，要來的還不是照來？我受夠了！」

丘先生傷心地數出四張一百元的鈔票。

她說：「現在，你好好的和這兩位偵探坐在一起。我要你幫我看著他們，沒有人跟蹤我，或是想跟蹤我。」

她鎮靜地走進臥房，打開衣櫃門，拿出一個小的旅行箱。箱子顯然是白莎不知道的時候，她整理好的。她把箱子拖到門口，走出門口說道：「丘先生，你要合作，十五分鐘內希望沒有人離開這公寓。十五分鐘，我只要十五分鐘。而且不必做太明顯的事來找我，計程車，火車站，那沒有什麼用。我有辦法讓你們絕對找不到我的。」

「等一下，」白莎說，「你講的事情，說不定交給我們來辦很容易辦成。讓我們大家不要半途而廢。再說——」

「你，」瑪蓮衝撞她說，「你最叫我受不了。唐諾還馬馬虎虎，你像我屁股上一根刺。」

白莎突然站起來。瑪蓮把門一下砰然關上。

丘先生站到白莎前面：「等一等，柯太太。我最瞭解瑪蓮，她要這樣激動的話，誰說話也沒——」

白莎一把把他推向一側，伸手去抓門把手。丘先生一把抓住白莎另一隻手臂，死也不放，說道：「等等，柯太太。你是替我工作的，我命令你讓她去吧。」

白莎一拉把手臂脫出，丘先生被拉得一轉失去平衡。

我點上一支菸。

「你這狗娘養的。」白莎對丘先生說。

「柯太太！」丘先生譴責地說，「女士怎麼可以說這種話！」

「去你的。」白莎說，一把把門打開。

白莎看看走廊，走回來向我說：「嘿！你真會幫忙。電梯在姓丘的上來後，一直在這一層上。她走了，我要乘電梯下去，也追不上她了。」

「我們受僱是做保鏢，」我說，「不是獄卒。」

「等一等，等一等，」丘先生說，「我知道你們不高興，不要介意，都是我。不過我認識瑪蓮久一點。她敏感得很，她很衝動。她冷靜下來後，對這件事會很快抱歉，她會打電話道歉。不過目前我不能說我要怪她這可憐的女孩。這些電話和限時專送所造成的壓力，什麼人也受不了的。」

「現在，九點鐘是已經過了，而且賴先生已經來接班了，所以我們也不必再為小事爭辯。我決定不向你們討回任何訂金了。

「我還是感到很抱歉，柯太太。我完全想不到事情會演變成這種情況。我感到我們彼此有點誤會。你也許感到工作和以往的不同。我可能期望著你們完成不可能的任務。

「我想，我們現在大家說清楚了，一切都解決了。我來拿這一卷電話錄音帶。我相信還有二、三封沒有拆開的限時專送。」

「有兩封，兩封我們沒有拆開來看，」白莎說，「唐諾認為裡面可能會有手指印。」

「我想從紙上取指紋即使可能，也會十分困難的。」丘對我說。

「以往很多人都這麼想的，」我告訴他，「他們必須利用碘蒸氣，再說效果也極差。最近有人發明了一個方法，使汗中微量的胺基酸和指尖上分泌的油脂，化合成一種化合物，好像給紙張上了一層釉彩似的，甚至一年左右的指紋仍能顯影。效果非常好。」

「你能確定，賴？」他問。

「這一點，是確定，沒有問題的。」

「那好，」他說，「真是有意思，我認識幾個人都對指紋有興趣，我倒要看看，他們能不能對這幾封限時專送做出點成績來。」

丘走到門邊的小桌前面，把幾封限時專送拿在手裡。

「是不是還有另外一封？」他問。

我轉向白莎：「還有嗎？」

「是有一封昨天你在這裡時來的，是不是？」

「是的，」我說，「只是來得晚了一點。」

「那麼，」丘說，「在哪裡呢？」

「我不能告訴你。」

「我認為案子已經結束了，」他說，「一切證物都要還給我保管。」

「當然，」我告訴他，「當然，一切都歸你的。只是我們必須留下錄音機和錄音帶。我們也是租來的，我們也要還別人的。」

他似乎猶豫著。

我把錄音機和電話分開，拿起錄音機，走向門口，向丘先生微笑一下，向白莎做個眨眼動作說道：「事情有的時候就是如此，好事不可能全歸我們。白莎，我們休息吧。我想她希望我們還是要把門鎖起來的，我也相信她身上有鑰匙，回來的時候，自己可以開門進來。」

「那是沒問題的，」丘說，「我說過她是個能幹的女人。不過假如你不在意的話，讓我們照她說的再給她幾分鐘，我對自己的僱員也是答應了就絕不失約的。他們要求的，只要可能，我都照做。她要求的是十五分鐘之內我們都不離開這公寓。」

「你沒有答應她呀。」我說。

「我沒有反對，就等於無言的答應了。」他說。

白莎冒火地看他兩眼，還是坐下了。

房間裡有一分鐘不和諧的靜默，然後白莎說：「這個該死的案子，我看起來是假的。」

「這個，本來就不是一件正常的案子，我想你是說對了。」丘告訴她：「我想你在這一行裡一定有很多正常的案子，所以當一件案子不是正常發展時，在你看來有點假。」

「你真是會說話，」白莎說，「變成了是我看起來有點假。」

白莎似乎沒有緊跟著這件事追究，也沒有意思破門而出。於是我們坐在那裡沒吭氣。

我走到坐過的沙發，拿起早上我帶來的晨報，向後一靠，開始閱讀。

丘先生好奇地觀察了我一陣子，最後終於開口：「好了，兩位。我想十五分鐘只有多，不會少了。我想現在開始，我們應該把一切都忘了。這件事如此結束，我實在要抱歉，我也遺憾你們沒能比目前所做能多完成一點任務。當然，我瞭解這本來是一件非常困難的工作。」

「本來非常困難是真話。」白莎說。她大步走向門口，一下把門拉開。

我和丘互相握手。「我非常高興認識你。」我告訴他。

他思索地注視著我。

「賴，希望你們諒解，」他說，「這件案子，對你們偵探社來說，是結案了。我不希望有任何宣傳，或消息公開。尤其是對稽小姐——譬如說警察或記者。」

「我不會做任何使稽小姐尷尬的事，」我告訴他，「我們一起離開如何？這樣萬一稽小姐回來，發現有人洗劫她公寓的話，我們可以互相作不在場的證明——除非，當然，你也有這公寓鑰匙。」

「我怎麼會有瑪蓮公寓的鑰匙！」丘大聲喊道。

「我只是道出可能性而已。」我說。

「我並不欣賞這種說法，」他說，「走吧，我們一起出去。我們的生意協定也到此結束。」

我們走上走廊。丘先生把門拉上。

白莎故意誇張地走回門口，用力試一下門，確定是否真的鎖上了。

第五章 佈椿

卜愛茜，我的私人祕書說：「怎麼啦？我以為你今天不會來上班。你應該替別人看小孩才對。」

「我們被開除了。」我說。

「超速開罰單？」她問。

「阻礙交通，犯人嫌。」我告訴她：「我們走得不夠快。」

「這種情況對你來說比較少見，你總是衝太快出了毛病。怎麼啦，吃在倒檔裡呀？」

「有這個可能。」

「唐諾，是個怎麼樣的女人？白莎說滿漂亮的。」

「身材好，」我說，「眼睛美、文雅、長腿、瘦瘦的、曲線好，你知道就像你那種樣子。」

「唐諾，你在取笑我？」

「不過，」我告訴她，「今天雖沒工作，錢還是照拿了，因為我們有訂金作保險。」

「這就是白莎高明的地方。」

「交給白莎去辦不會錯的，」我告訴她，「所以，我今天一天是完全自由的，我可以去自由地為我們雇主做點對他有利的事。」

「你是指那有曲線的？」

「不，我是指那男朋友。」

「我以為你說他不是她男朋友。」

「他自己說不是男朋友。我還不至於如此天真。」

「這倒會是很有意思的一天。」

「你的刑案分類目錄，做得怎麼樣了？」我問。

「我不斷在加新的資料。我已經有一個架子的剪貼簿了。不過交叉索引編起來很花時間。白莎老在囉唆，我告訴她，我是用我下班時間整理的。」

「你真的有花費晚上或週末的時間，在整理嗎？」我問。

她把眼皮抬一下，承認道：「一點點。」

這是愛茜的計畫，她把近年來所有沒有偵破的社會大刑案，一件件詳細收集資料，列出來。

有一天，我們要資料時，只要一查索引，所有剪報都是現成的。

我們已經有過三、四次，發現自己的剪報檔案非常有價值。

我說：「你的交叉索引，不會有以『地址』為索引的吧？」

「為什麼？」

「好萊塢那一邊，」我說，「有一條羅德大道。我有興趣的門牌號應該是在第七○○那一個方塊裡面的，既然在街的這一面，所以應該是個雙數的號碼。」

愛茜搖搖頭：「抱歉，唐諾，我沒有用地址來做索引。我用刑案種類，人名、日期、特徵……一切我想得到的來分類，做索引，但是地址……沒有。」

她猶豫一下說：「資料都在，你假如要我編一個地址索引，也不花太多時間。我可以拿一張大地圖，用各種大頭針——」

「那你就沒有自己的晚上和週末了，」我說，「不要了。目前的工作你已做得太多太好了。」

「喔！唐諾，我只是想多幫你一點忙而已。我知道你一個人為我們偵探社冒的險。我知道你常常用腦子突然推理出事情的真相，把一切困難都解決。這一切，好像——除了我沒有人欣賞似的……我只是要盡能力，幫你分擔一點。」

「你一直是非常有幫助的，愛茜。」我告訴她。

「那羅德大道的地址是怎麼回事？那邊出了什麼事？」

「昨晚上有便衣在那邊一個房子佈樁，」我說，「看來我自己闖進了一個情況，也許將來需要費點口舌來解釋。」

「便衣什麼樣子的佈樁？」她問。

「我也不知道，」我說，「這件事一直在使我懷疑。有兩輛車經過那裡，我在第二輛裡，警察對第一輛看都不看。」

「他們在監視經過的每一輛車，還是在監視房子？」

「他們是在監視房子，至少我想是的。我想他們對經過的車子沒有太注意。而後他們看到兩輛車一起來。前面一輛車扭了一下，想拐進去，但是立即改變了主意。我一直在想，警察守在房子前，是要看有什麼人想進這房子去。不過目前還未能確定。」

「發生什麼事了？」

「他們跟蹤我，被我拋掉了四、五十分鐘，但是我又在外圍必經之路撞上了他們。他們逼住我，看了我的駕照和證件。」

「你告訴他們什麼？」

「我告訴他們我是在跟蹤一件車禍中的一個證人，車禍發生在好萊塢。我沒有把自己釘死在那個位置，他們也忘了問我車禍到底在什麼地方。」

「假如他們事後想到這一點，來問你怎麼應付？」

我笑笑說：「是有一個車禍，像訂做的一樣，在拉布里亞路北段。我現在正要出去訪問這些證人。今天下午以後，警察來我就有話可說，不怕了。目前任誰來問，你都不知道我去哪裡，也不知道我何時回來。」

我離開辦公室。

第六章 酒吧門口前的男人

要找狄喬獅這個人還真費了不少手腳。最後我還是找出了他是四喜房地產公司的業務經理。四喜房地產公司是由孫、聶、何、畢四位有錢老闆合夥投資的。

又打了好幾個電話，知道目前四喜公司對凡紐司附近的一個新社區正在大量投資。我要找的狄喬獅多半可以在那裡找到他。

我開車前往。

新社區完全是標準的南加州房地產推銷典型。臨時搭的高高尖頂辦事處，有色的三角旗，一排排隨風飄動，大招牌畫著陽光下的游泳池。

這地區開闢得非常好，吸引了不少人的注目，一定也曾印發了很多的宣傳資料，所以有一打以上顧客的車子停在高頂辦事處門口停車場上。很多推銷員在地圖上，或帶客人去現場，指給他們看一塊塊可以造房子的地皮。

我走進辦事處。

一塊詢問處牌子後面，坐著一位漂亮小姐。

「你們這裡有沒有一位狄先生？」我問，「我有幾個朋友是他的朋友，所以——」

「喔！有狄喬獅。」她說：「他現在出去看地去了。不過他一定幾分鐘就會回來的。你要不要看看這一帶地形圖……請問怎麼稱呼您？」

「地圖是不是看得出不同的價格？」

「喔！當然。」

「也看得出怎樣分期付款方法？」

「是的，旁邊有一張附表都看得出來。你自己是不是有一個概念，大概想要怎麼樣一塊地呢……先生是……？」

「公共設施都開發好了嗎？」

「是的，當然，當然。這是一個完整的現代化社區。」

我從她手中接下了一本印刷精美的冊子。「讓我先看一看再說。」我告訴她。

我轉身，坐到邊上去，竟然也會完全被小冊子把注意力吸引過去，仔細看了一會。

兩、三對人進來，都由推銷員帶他們出去分別看地。

一對年紀較長的夫婦進來，我聽到女郎說：「有人在等你，狄先生。」

我假裝自己什麼都沒聽到，在專心地研究那小冊上的宣傳。過了一下，讓狄先生先有機會仔細看我一下，等他眼光看向別處時，我把頭自小冊上望出去。突然，我把頭趕快埋回小冊子，上裝口袋中抽出一支筆，在小冊上佯裝計算著。

一對年長夫婦，靠向櫃檯，有點自尊自信，顯然是來買地產，滿意於某一塊地，等著簽合同的。

狄喬獅就是昨晚在酒吧門口和丘家偉談話的那個人。

我站起來，走到落地大玻璃前，裝著向外看，對照地圖，決定方向。

在我身後，我感覺得到狄喬獅正在向這對年長夫婦加些最後的壓力，使煮熟的鴨子，在他接見新客戶前，不要飛掉。但他當然也注意到我，不要等不及走掉。

幸好，那一對年長夫婦十分小心。他們在決定簽約前問題很多。他們確是已決定簽約，所以狄喬獅不得不全神貫注於他們的問題，陪他們到底。

我從大門口溜出來，在門口站了一下，小心地把背對著狄先生，突然跳進公司車，發動引擎。

我有一點怕狄先生追出來，要我等他一下，幸好他有顧忌不願離開這一對老夫婦。

我趁機快快逃離這個地區，決心回辦公室，一路苦苦的用腦子研究、推想。

第七章　緊張得像隻貓的警官

我回進接待室的時候，通往我私人辦公室的門開著。卜愛茜面向門坐著，她把自己座位移出了一點，使我一進門，她一定會第一個見到。

她把左手伸起，手掌向外對著我，這樣維持了半秒鐘。

我不懂她什麼意思，但是故意把座位移出，對著開啟的門，自然表示有什麼不對勁。

我停住，好像突然想起停車的時候沒有用硬幣餵機器，轉身進入走廊，預備溜走，出去再打電話給愛茜看是出了什麼事。

我出了門，差不多到電梯的半途中，我聽到身後的腳步聲，很匆忙，有決心、有權威的腳步聲。

「小不點，等一下。」

一聽到聲音就知道是老朋友洛杉磯總局，兇殺組的宓善樓，宓警官。

我轉身，大大表示驚奇：「哈囉，善樓。」

「去哪裡呀？」他問。

「只是不能確定車門鎖好了沒有。」

「有東西在裡面？」

「不重要。」

「能等一下？」

「當然，你要是有事，就可以等。」

「那好，進來吧，我有事問你。」

我跟他又回進了辦公室。

善樓對卜愛茜說：「這扇門，你老是開著嗎？」

「不是，」她說，「今天……今天裡面擠了一點。」

「怎麼會擠了呢？」善樓問。

在愛茜能回答之前，我說：「你嘴上老咬著的雪茄。愛茜對發霉的菸草特別敏感。」

「喔！這個。」他說，兩個手指把濕濕的雪茄屁股自嘴中拿出，思索地說：「這不會有味道的呀，根本沒點燃呀。」

「你認為不會有味道的，」我說，「那是因為你的鼻子麻痹了。」

「喔！亂講，」他說，「我喜歡咬雪茄，有如有人喜歡咬口香糖，不會影響別人的，到底為什麼要把門開著？」

「使這地方通通氣。」我說。

「好吧。進來，給我坐下。我已經感覺到問你等於問木頭，你好像知道我會來。是嗎？」

「我不知道你會來。」

「小不點，我們打開天窗說亮話，昨天晚上，你在羅德大道亂竄亂竄的，告訴我，是為什麼？」

「我在工作。」

「什麼樣的工作？」

「我自己稱為投資工作。」

「投什麼資？」

「好吧，」我說，「我什麼都告訴你。我聽到拉布里亞路北段有一次車禍。我見到一個男人很快地開車離開現場。我想到他是一個不願出面的證人，腦筋一轉，我認為先找出這個男人是誰，也許是個好主意。」

「他是誰？」

「我不知道。」

「車禍發生在哪裡？」

「拉布里亞路北段。」

「什麼時間？」

「十點過一點點。」

「你跟了這個男人到了羅德大道？」

「是的，我老遠老遠跟著。」

「他是誰？」

「我不知道。」

「那輛汽車的車牌是什麼號碼？」

「我不能告訴你。」

善樓看著我說：「你這老手怎麼會不先向前看清車號，再遠遠跟著它呢？你至少已經看清楚他了，那駕車的長得什麼樣？」

「我不知道。」

「昨晚你給了警察一個車號？」

「我是給了一個車號，現在知道不是那輛車。」

善樓說：「這不是給錯，這是故意的偽造。」

「為什麼是偽造？」

善樓說：「黑色凱迪拉克沒有錯。但昨天晚上這輛車在俄勒岡州，波特蘭市。司機在度假。」

「真的呀！」我說。

他銳利的眼狠狠地看我一下。

「你怎麼可能沒有看到車號？」

「我只是遠遠的跟著，我也許跟掉了，又跟錯了一輛黑的凱迪拉克。他轉入羅德大道，好像要在路中停向一個房子，突然改變主意開向街角，我決心快點跟上，也想看看車牌。就在此時，兩個警察用沒有開燈的車子盯上了我。我認定有人要修理我了，所以想盡方法開溜。」

「好了，把你跟蹤那輛車子的正確車號告訴我。」他說。

「我告訴你，我沒有看到。」

「什麼意思沒有看到？」

「我只是怕那傢伙知道我在跟蹤他，所以沒有跟近到可以看到車號。」

「你給了個假車號給警察。」

「我不想和他們談當時的詳情。」

「你一直在投機取巧，這件事你又在搞鬼。」善樓說，「我根本不相信你跟蹤這傢伙而會沒有見到車號。」

「我告訴你我不願走太近，把他嚇跑了。他怕做證人，他有隱衷。」

「為那車禍？」

「不是為了車禍。他見到車禍，他不想出頭做證人。他逃跑是為了別的事。」

「會是什麼呢？」

「我怎麼知道！也許他在那附近拜訪一個小姐。他怕別人記得車號，給他一張開庭傳單請他作證。他不要別人知道他去過那一帶，他自然要開溜。」

「我認為你伶牙俐齒的在瞎編。」善樓說。

我委曲地說：「所以有人要騙條子，說實話有什麼好，反而受人奚落。」

「唐諾，你的問題是老設計一切由你主動，在玩牌不到最後關頭沒人知道你是真是假。我們有過誤會，有過合作，我太瞭解你了。老實說，你有時從上面發牌，有時從下面發牌，什麼人也不知道你下一次會從哪裡出牌來。」

「可是，」我說，「你也不能老以為我是從下面發牌的。想想看，我有沒有叫你失望過一次。」

「誰說沒有！」

「一開始也許因為你固執，我個人可能灰頭土臉，你也好不了哪裡去。但是每次你聽信了我的建議，你不是都出足了風頭？這可以證明你對我信心不夠，每次你說我在說謊的時候，歷史可能重演，你都應該小心。」

「喔！亂講。不要說得那麼遠。你有過幾次運氣好，有幾次我承認你很聰明。但是你千萬別因為如此，在警察面前要噱頭。」

「好，我就不在警察面前要噱頭。」

「那我們回頭再來談那件車禍。」他說。

「我還沒有機會詳細看內情，」我說，「但是牽涉到本案的車號我都有了。有一輛大奧斯，由一個深而鬈髮的男人在開。他大概卅二或卅三歲，車號XDA一七七。有一輛福特，就是被撞的，車號我也有。」

「好了。」善樓說：「既然你那麼聰明，這次車禍錯在哪一方？你倒說說看。那個在大奧斯摩比裡的男人，在幹道前，到底停車了沒有？」

我說：「目前這個時候請原諒我不回答這個問題。」

「喔，這樣玩，小不點兒？」善樓說：「我願意你能在目前這個時候告訴我——

立即告訴我。」

「好。」我說：「我老實告訴你，我不知道。」

「你不知道？你見到這個車禍了，不是嗎？」

「沒有，我聽到撞車聲，在車禍後到的現場。於是我看到突然自路邊開出加速的車子。從他的樣子，我知道他目睹車禍但立意溜走，所以我覺得追隨他車子，查出他是什麼人，對我這個合夥公司會有一點好處。我用不致引起他懷疑的方式遠遠跟著他。」

「因為撞了車，各車輛停下來觀看，車子那麼多，我通過時有一點困難。這輛車本來就在我車前面近兩條街的樣子。我雖然因為交通號誌耽誤了一會，但我很有自信，在日落大道附近我跟上的是那輛車沒錯，至少像是那輛車。」

「你沒有看到車牌號？」

「沒有，那個時候我試都沒有試。我一心想看看那傢伙那麼急於離開想到哪裡去。既然如此，我不想引他注意。所以我遠遠跟著，只要不跟丟就行。我有個習慣，我要看他車號，我就看了就走，因為夠了。這次不是看車號問題，而是去哪裡的問題。所以我遠遠跟著，跟到他停下，再看車牌也不遲。」

「這就是我認為最最不可信的部分。」善樓說。

我不說話。

「你沒有騙我吧，是不是？」善樓問。

「善樓，」我說，「每次有事，你都強迫我說這個，說那個，使我為了保護我的客戶，不得不向你說謊。有一件事，我公公正正對你說——任何時間，只要我自己來找你，告訴你我認為你應該做某件事，或某件事怎樣做對你有好處，我絕對是不騙人的。」

「我知道，問題也出在這裡，」善樓說，「你喜歡代替我的腦子來想東西。」

「我絕沒代你思想的意思，」我說，「我只是告訴你任何時間我要給你建議的話，我是完全真心的。」

「你突然不回答我的問題，反而改變一個方向，實在使我越想越有問題。」他說：「現在我告訴你一件事，你聽我說——不要再管這檔子閒事。把一切都忘了，算了。」

「什麼意思忘了，算了？」

「正如我所說，忘了，算了。你在說謊，我看得出來。但是你要是忘了這件事，我就不再追究。不要再為這件事亂搗亂闖，不要再深入這件事，不要把這消息試著賣給車禍任何一方的人，不要想在這件車禍中找一個人做客戶，也不要和報社或記者說起這件事。」

「老天。」我把一切代表驚奇的表情都用將出來：「你是說這樣一個不起眼的小車禍，會引起記者的興趣，而——」

「我可不是這樣說的。」善樓一面說，一面伸出他的食指戳到我的胸部，停在上面扭動兩下以示加重語氣。「我叫你忘了這件事，我叫你不和任何人談這件事，我叫你不要混進這件車禍裡去。換句話說，我叫你置身事外，否則你會受到傷害，你一輩子也恢復不了。

「現在，我知道我在這裡一定是不受歡迎，我要帶我的雪茄走了。你要再在法律邊緣鑽來鑽去，被我逮住，我要親自看到你再也做不成私家偵探。我要吊銷你的執照，叫你永遠也不能再申請到新的。」

善樓真的理也不再理我，大步走出辦公室。

「怎麼回事？」我對愛茜說，「你看到底怎麼回事？」

「當他在等你來的時候，」她說：「他緊張得像隻貓。他在這裡走來走去，把雪茄在嘴裡轉來轉去。」

「他進來時，有沒有要求見白莎？」

「沒有，他只要見你。我感覺到他不要見白莎。甚至不要白莎知道他在你辦公室。」

「他和白莎一直處得比較好，」我說，「我和他始終處得不怎麼樣，因為……因為他老想那些我們碰在一起的案子，說我在主宰這些案子。」

她假正經地笑了一下，要說什麼，自己控制了，自管自繼續打字。過了一陣，她有意無意地說：「當然，唐諾。你是不會幹這種事的。」

「當然不會，」我說，「我要出去了。萬一白莎問起，我午餐後會回來的。」

第八章　導遊社謀殺案

我回辦公室，斜過接待室走向我自己辦公室的時候，卜愛茜正從白莎的辦公室出來。

愛茜調整步伐，所以我們在私人辦公室碰了頭。

「白莎找過我嗎？」我問。

她搖搖頭，說道：「她要我做一張時間表，每天花多少時間在刑事檔案上。」

「你怎麼告訴她？」

「告訴她我會記下來給她看。」

「等一下我會和白莎談談，」我說，「目前你做張時間表，為了這個檔案，你上個月花費了多少自己的時間……不必做白莎叫你做的時間表。」

「羅德大道的疑案我找出來了。」她說，一面把門關上。

「怎麼會？」

「收音機廣播了。我把收音機打開，只是想也許會有消息，然後就聽到了。我用速記記下來了，要不要聽聽？」

「先給我一個大概，是怎麼回事？」

「一件謀殺案。」她說。

「哪裡？」

「羅德大道七六二號。」

「喔，」我說，「這可能會很嚴重，死了什麼人？」

她說：「一個叫談珍妮的，昨晚上被殺死在羅德大道七六二號一個獨棟房子裡。」

「有沒有動機、線索什麼的？」我問。

她說：「廣播說珍妮在主持一個導遊社，供應漂亮小姐導遊。」

「你是說應召女郎？」

「不是，這——唐諾，你使我發窘了，這有不同的。」

「沒什麼。假如一定要解釋，我兩句話就解釋清楚了。沒關係，她開一個導遊社，又怎麼樣？」

「不真的是……反正不真的是應召女郎。不過警方也找過她，問過她工作的性質。」

「為什麼？」

「有個電台記者，和警察搞得不太好，一直在批評警方對風化案處理不夠明朗，聲稱警方曾經去調查過這位夫人經營未經登記的導遊服務。」

「哪一類服務？」

「據報導，談珍妮方式的服務需一、兩週前預約。所有小姐都是精選出來，非常好的。表面上是一群為了賺點外快、願意接受約會的女孩子，聯合起來的一個地方，是一個普通的導遊服務，只是沒有廣告，有點私人俱樂部性質。規定小姐除了陪伴進城來玩的外地人外，不可以有不規矩行為。顧客都是有聲譽身價的外地人，而且要有人介紹。他們要多看看洛杉磯，又不願一個人亂逛。談夫人還先要和顧客見個面，看看哪一種女郎對他興趣合適，然後給他介紹一個。介紹是由她正式當面介紹的，而且她每次都和客人把規矩詳細地說明的。

「依規定，男人是絕對不知道導遊女郎住哪裡的。他們認為談太太那房子是她們住的地方。他們要找女郎，必須去那房子接，一起外出，之後再把女郎送回去，在那房子說再見。事情很高級的。

「法律規定之下，並沒有對這方面有太明顯的約束。這只是一群沒有牽掛的女郎，接受約會、吃頓晚飯、跳個舞。她們是接受金錢，但是也提供外地客的高級娛樂和有人陪伴的殺時間方法。」

「至少這是警方在談太太生前調查時，談太太的說法。」

「租金怎麼算法？」我問。

「一個固定的介紹費，另加車馬費，數目並沒有在電台上報導。但是約出去之後一切行為都由小姐自己負責。小姐都是成年人，她們知道什麼該做，什麼不該做。她們假如要破壞談夫人訂下的規定，或是顧客要破壞談太太訂下的規矩，誰也沒有辦法來阻止他們。」

愛茜自己說得臉都紅了。

「老天，」我逗她，嘲弄地說，「你認為真會有人不守規定嗎？」

「唐諾，別這樣。」

「謀殺案是怎麼回事？」

「有人放一塊圓石頭，在一隻女人毛織襪子裡，把她打昏，又用那隻毛襪，把她勒死。警方今天早上九點鐘找到她屍體，也找到了謀殺兇器。她是昨晚被殺的，時間是昨晚十點鐘到今天早上三點鐘之間。」

「窒息致死？」我問。

「窒息是死因，但是她曾被臨時做成的武器打了一下。據測是有人先打昏她之後，下手勒死她的。」

「這樣，」我說：「解釋了很多我腦中的問題。」

「怎麼說？」

我說：「警察在窺視這幢房子，他們佈了崗。他們要的是進出這幢房子的車牌號碼，他們要參與人的名單。」

「你怎麼知道的？」

「因為我到過那地方，」我說，「因為還可能是我把警方引開，使兇手有一個空檔，可以跑進去殺了人出來，而沒有人見到他。」

「這就是宓善樓想要查出來的？」她問。

我說：「他要我把所知道的保密起來。」

「為什麼？」

我說：「想想看別人會怎樣糗警察？尤其是有個不友好的記者盯在後面的時候。

「我告訴你情況。談珍妮在經營一個導遊社，她自稱是一群未婚非職業性女性共同興趣的合作事情，絕對沒有不規矩的行動。警察在沒有確切證據之前尚還很難處理。但是假如能證明這些女孩在做不規矩的事，情況又不同了。再不然，假如珍妮做起廣告來，或是擺出職業性導遊社姿態出來，警察就可以依法取締了。」

「說下去，為什麼這件事會使警察很糗呢？」

「警察不知道什麼時候開始處理這件事，也許昨天才開始，他們放了輛車子守在那獨院房子門口。他們知道追蹤每一個有約會的女郎，去每一個地方，花費很大，所以決定從容易的一面著手。

「舉例說，一位張大頭，有了約會，半夜把女郎送回羅德大道，他們等他出來，回到旅社，就去訪問他。

「張大頭在別的城市裡是有名有姓有地位的，怕得要死。警方要他合作，只要合作就不會把他姓名公佈。他們要知道張大頭從什麼地方聽到談珍妮這個名字，怎樣聯絡。要知道女郎們的一切，例如有無色情發生，是什麼時間、什麼地方，有沒有付錢、如何付法，為什麼付錢，等等。」

「我懂了。」她說。

「所以，」我說，「他們有人看守著那個房子。」

「那有什麼糗？」她說：「他們不是常這樣的嗎？」

「我還沒說到呀。」

「我知道了，你跟另一輛車子經過，他們認為有問題。」

「前面一輛本來是想轉進去的。他們放過了。我跟在後面，他們突然想想不對，決定調查一下。所以他們跟我，我把他們拋了，他們更懷疑了。他們也很聰明，選個地方老遠去等我。他們要知道我在那一帶做什麼。」

「他們逼你說？」她問。

「他們逼我說，」我告訴她，「我回答得非常對，除了私家偵探外，任誰在這種情況下都難圓其說。他們不管我怎麼說，心裡一定在想我是在辦離婚案，現在想來當時他們就不信我是在辦車禍案的，好在他們目的就是不要我在那一帶鬼混，壞了他們的事，所以把我趕走就回到那房子去，去佈他們的崗。」

「但是他們為什麼一定要你忘記這件事呢？」

「因為，」我笑著說，「他們在房子外面徹夜看守，而謀殺案就在他們眼皮下進行。你看這把警察的面子放在哪裡好？也許兇案的進行正是他們在亂追毫無關係車子的時候，無論如何傳出去總是不太好看的。」

「我懂了，」她說，「尤其是這消息如果給那電台記者知道，是糗上加糗了。」

「所以，宓善樓，他是和我有私交的，親自來警告我，嚇我一下，要我完全忘掉這件事。」

「你當然要完全忘掉這件事囉！」她說。

「亂講，」我說，「我怎麼會忘得了這件事？我跟蹤那個想要轉進去的人，是保鏢案裡我們的雇主。」

「但是，他嚇跑了呀！」

「他見到有警車停在那裡，他手腳很快。他不像是個把女孩子半夜帶回家的那一種人。他一個人在車裡，他見到警車就溜走。我跟上去，我也是一個人在車裡，警察起疑了，真是越想越有道理了。」

「這樣對你不太有利。」她說。

「豈止不太有利，實在太不利了。」我說：「現在警察要我統統忘記，我又怎能忘記？」

「為什麼不能？」

「因為，」我說，「開除了我們的前客戶丘家偉先生，很可能在擺脫了我之後，自己又回到那房子去，謀殺了談珍妮夫人。」

卜愛茜用大眼睛看著我說：「但是警察不要你——」

「警察要我忘記這件事。」我說。

「假如你不忘記呢？」

「怪事年年有，」我說，「說不定警察會說我故意引他們出來，拋掉他們，在這個四十五分鐘之內，我轉回來，把那個談夫人給斬了。」

「你還是不肯忘記？」她問。

「我只是要多知道一點這件事的內情，」我說，「免得事情臨頭，來不及照顧自己。」

「從什麼地方開始呢？」她問。

「從你開始。」我告訴她。

「從我？」

「是的。」

「我知道什麼？」

「目前還沒有，」我說，「但馬上會知道一點點。你打個電話給鉬鋼研究開發公司，找人事主管。」

「然後呢？」

「告訴他或她，你想找工作做女祕書。」

「我叫什麼姓名呢？」

「你不必告訴他們你姓名，只說希望他們接見你一次，討論一下做他們祕書的可能性。他們一定會告訴你，他們的僱員都由某一個職介所供應，他們自己不直接僱人。他們會說你想去他們那裡工作，可以去某一個職介所登記。」

卜愛茜看看我，拿起電話簿，找到要的電話號，撥號找人事部門。

她很有自信地說：「我是一個訓練有素的私人祕書。我希望有機會替你們公司服務，不知能不能有機會由你們什麼人先約談一下，絕對不會使你們失望的。」

我聽到對方嘰嘰呱呱快快地一陣說話聲。愛茜拿起筆來寫著：「太平洋職業人事服務處，創業大樓。」

愛茜說：「謝謝你。」把電話掛斷。

看著我，她等候我下一步的指示，我指指電話簿，愛茜有效地找到太平洋職業人事服務處的電話，給我接通。

「這是柯賴二氏私家偵探社的賴唐諾，」我對電話說，「我在查你們介紹出去工作的一個人的信用。」

「賴先生，恐怕我們沒有辦法幫你忙。我們對介紹出去的負責到一切資格，學經歷、能力，和品德調查，但是我們不提供徵信調查資料給別人。」電話那端一位小姐冷靜地回答著。

「我瞭解你們的立場，謝謝你，」我說，「不過，把介紹出去僱員可靠的一面告訴別人，對這位僱員會有很多幫助。」

「我們知道這一點。」她說。

「我和什麼人談這件事，比較妥當，有可能成功呢？」

「也許和艾克遜先生談，會有點用。」

「謝謝你，」我說，「我會試試和他見個面，不知他目前在不在公司？」

「他幾分鐘之前離開了，我知道他下午一定會來的。」

「謝謝你。」我又說，把電話掛上。

卜愛茜關心地看著我說：「唐諾，你不停地為這件事挖掘，你會有危險的。」

「我知道，」我告訴她。「但是，我不再為這件事挖掘，也可能會有危險的。你想，要是電台記者猛力攻擊警方，警方一定要找一個替死鬼，這個替死鬼就是我。」

「唐諾……」

我向她笑笑說：「還不到時候。」走出辦公室。

第九章　一個小車禍

艾克遜先生，大概四十二、三歲。他已老化使用很窄的眼鏡在看近的東西，從眼鏡的上緣向我看著。他有雙水汪汪的藍眼，毛刷似的眉毛，有皺紋的前額。我想他的皺紋都是因為他有習慣從眼鏡上面看人的結果。

「我的目的是調查你介紹出去一位祕書的信用。」我說：「稽瑪蓮，你們送她去的鉬鋼研究開發公司。我只希望你給我一點點她的背景資料，我就滿意了。」

「你為什麼要調查，賴先生？」

「信用。」

「我們從不提供徵信資料的。」

「我知道，」我告訴他，「我恰不斷收集、提供，這是我的生意。」

「私家偵探？」他問。

「是的，不過徵信業務是附帶的。這年頭維持一個辦公室不容易，私家偵探這一行不好當。忙的時候吃飯都沒時間，人像一根蠟燭兩頭在點火，空的時候急也沒有用，你不能到街上去拉客人。」

我歎口氣，幾乎要打個呵欠，強力表示這只是一件無聊的常規工作。

像打呵欠的動作增加了他的信心。他找出一張檔案卡片，抬頭說：「她不是本地人。」

「我知道。」我說：「鹽湖城。我有她不少資料，但是在出門前，我都喜歡親自查對一下。她的當地保證人是誰？」

「她沒有當地保證人——等一下……她和一個葛寶蘭，朋友，住在一起。維多公寓，葛小姐也是她的保證人。」

「你們對過保？」我問。

「老實說，」他說：「我們沒有。她提供最後一位雇主姓名，這一點我們要查對的。我們也看她的推介信。然後我們有一個部門，專門測定她的能力，像速記、打字、智力、性向等等。」

「每個介紹出去的都經過測定？」

「當然。」他說：「我們不是一個小的介紹所，我們供應好多大公司各種僱員。任何客戶，要我們供應什麼資歷的僱員，我們就試著給他絕對滿意的人選。」

「謝謝你，我會去鹽湖城查查。」

我離開這公司所在的創業大樓，開車來到維多公寓。公寓名牌上可以找到葛寶蘭，她住二一一號公寓房間。

我回到自己辦公室，打開外間的門，對接待小姐點點頭，看了一眼等在接待室，整個臉埋在一本華爾街雜誌的男人，走過接待室，走進自己的辦公室。

卜愛茜說：「看到外面在等的男人嗎？」

「等我？」我問。

她點點頭。

「是什麼人？」我問。

「他的名字，」她說，「是狄喬獅——怎麼啦，有什麼不對，唐諾？」

我說：「奇怪，這個人怎麼會找得到我的呢？」

「怎麼啦，唐諾？他是什麼人？」

我說：「他是我最不願見的、我要避免見的一個人。因為我不要他知道我對他有興趣。」

「不過，你對他有興趣？」

「沒有錯，但不知什麼原因，被他發現了。」

電話鈴響起。

愛茜接聽電話問我：「接待小姐問你，現在有沒有空接見狄先生？」

「帶狄先生進來，」我說，「反正躲不過，看看他搞什麼？」

「唐諾，到底是什麼困難？」

「只要他發現我是保鏢案保鏢，天下一定大亂，」我說，「目前他可能尚未知道，但這只是時間問題。」

「到時候呢？」她問。

「到時腦袋開花都有可能，」我說，「愛茜，去引他進來。」

卜愛茜把狄喬獅帶進辦公室來。

「賴先生，你好，你好。」狄喬獅用高級推銷員的假笑、熱誠，伸手握手，一面說著：「賴先生，我不希望你認為我一定想推銷什麼東西。事實上，我也是在偵破一件疑案。」他不停抓住我的手，上下的搖著。

我決心速戰速決，向他笑道：「既然你在偵破疑案，你一定不介意告訴我，我才早上去看你一次，你怎麼就知道到這裡來找我呢？」

「那是當然的事。」他說。

「當然？」我驚訝地問。

他點點頭。

我說：「我老想在近郊找一塊已經開發，立即可以造房子的地。有一位我的客戶提到你，說你曾賣給她一塊正如她需要的地，她說你為客戶著想，說你誠實，說你是真正好的推銷人才，所以我也有點心動。」

「喔，老實人不吃虧，」狄喬獅說，「她是什麼人？」

我說：「她叫——喔等一下，我想我最好不說，不能說。」

「為什麼不能說？」

我說：「首先我已經告訴過你她是我們的一個客戶。我們有規定不能把客戶的名字告訴別人的，這是完全要保密的。假如我剛才對你說是你的一位客戶告訴我的，就不同了，我可以自由告訴你她的名字了。但是我不小心說出了她是我們的客戶，這把我自己手捆住了。」

「我懂了，」他笑笑說，「我應該尊重你的立場。我想我應該告訴你我們在那邊的新社區，希望能幫你選一塊地。賴先生，一般人以為新社區選定後，每一塊沒多大區別的。但是像我做這一行做久了，我們看起來每一塊地是不同的，不同背景，找我的顧客，應該賣給他們合乎他們理想的地。我們推銷員的目的不是賺點佣金，而是應該以顧客的永久滿意為目標。

「我賣出過太多的土地，我試著保護我的客戶。我事先把每塊地的優缺點老實告訴客戶。從他們談話中知道他們的需要，自己精心的為他們選一塊絕對是對他們最合適的。可能你的客戶對我尚稱滿意，指的就是這一點。」

「我想是的。」我說。

「早上是你去看我了？」

「是的，早上湊點時間先去走一次，但是時間不夠。最多也只能見你一面，把新社區地址弄弄清楚，最後才能帶我合夥人一起去看看，做個決定。」

「噢，這是一個合夥的投資？」

「也許。」我說。

「好，我對你很有信心，看得出你比別人聰明，會是一個好主顧。我也有信心替你服務，不會使你失望。現在假如你肯立即和我一起回去，我可以把還沒有賣出去的每一塊地分析給你聽。假如你是為合夥公司做投資用的，我想你需要的是連著的好幾塊地開始。」他充滿希望地看看我。

我搖搖頭。「不會，不會是那麼大的投資。老實告訴你，我急著買塊地造個房子，是希望我的合夥人柯白莎能買塊地做鄰居。我希望她同意。」

「是的，我懂了。」他說。

「但是，」我指出，「有一點我不能懂。你能找到這裡，又是怎麼解釋呢？」

「一點也不難解釋，」他說，「好的生意人都應該這樣的。」

「我還是不懂。」

「別的公司也是這樣的，不過他們要詭一點，他們會看你中午在哪裡吃飯，也進去吃飯，然後突然說：『呀！這位先生不是早上去那裡，我們沒有緣講話，只見了一面嗎？』」

「你怎麼找到我的？你還是沒有回答呀。」我說。

他大笑說：「回答，回答，馬上回答。我先告訴你，我一個人賺的佣金，正好是新社區這個計畫中，所有其他推銷員的總和。

「我自己有一套工作的方法。首先，我把名片分發給每一位像你一樣，有希望的顧客。他們來的時候就找我。有的時候我在忙著，找我的人不能等，他們會走。我們裡面的小姐對這種人有特別不變的指示，一定會有位小姐到廁所去，在廁所裡有一台望遠鏡架好在那裡。她們要抄下牌照號，我去看看登記，就自己去見這個人。我特別愛好查查發生了什麼，為什麼客戶不肯等？像你的情況，我也許會歸類於時間不夠那類了。」

「你們的組織還是很嚴密的。」我說。

「其實不見得，在我手裡跑掉的人不多。但是只要一走，我總是希望查出來為什麼？我絕不希望我的衣食父母不高興或不滿我的服務。我用服務到家來使他們改變對我的看法。」

「我沒有不滿，我只是時間不夠了。」

「我會給你特別找一些好的地，我希望能和你訂個約會我們現場去看。我能不能明天見到你和你的合夥人？明天下午如何，我等著你們。你定時間，我一定空出來等你。」

「我非常抱歉，因為我辦不到。我的合夥人現在非常忙，她才告訴我接了一個新案子，要我去工作。這件工作會使我好幾天沒有空。不過我會在一週內和你聯絡。」

「喔，那太糟了，」他說，「因為我心目中想給你看的地，可能會賣給別人了。」

「這也是沒有辦法的事呀。」我告訴他。

他說：「這樣好了。賴，有一塊地我覺得對你最好。有一個人付了訂金，但是支票沒有兌現。目前我們還沒有正式取消他合同。我會為你留他四天、五天。你在這段時間內自己去看看那塊地。這真是值得買的地，比一般的都好。假如你中意，我把他的合同取消，因為那張支票是空頭的，再給你重訂張合同，價格也給你再便宜一點，怎麼樣？」

「這樣可以，」我說，「不過暫勿作太多的打算，我今後幾天的時間會很緊湊，可能去不了你們那邊。」

「沒關係，一點也沒關係，賴。我們高興為你服務。現在，還有另外一件事……」

他的聲音拖到聽不出了。

「什麼事？」我說。

「也許你可以替我抓抓背，我可以替你抓抓背。」他說。

我問：「什麼意思？」

「我發生了一點小問題，可能用得到一個私家偵探，一個好的私家偵探。」

「什麼小問題？」我問。

「一個小車禍。對方聲稱我在大道前面沒有停車，而且說我喝過酒。那完全是亂扯、胡言。」

「你有沒有接受警方檢查呼吸裡有沒有酒精成份？」

「沒有，我沒有，當時沒有。但是我想到了這一招，兩個小時之後，我到警察局去接受了呼吸檢測。」

「他們替你做了？」

「是的，他們認為可疑的量，只找到可疑量的酒精在我呼吸裡。我記得是百分之七以下。」

「當然，這並不表示兩小時以前的量。」

「這我知道。不過至少可以表示我當時沒有醉，這也是其他人亂說的。事實上，在大道前我是停車了。我相信保險公司會立即和別人妥協，他們相信了對方的胡言。但是，萬一不能成立，我希望能找到幾個證人，他們肯宣誓我在大道前是把車停住了的。」

「你有沒有把當時在場的車子，車號都記下來？」我問。

「可惜我沒有。我和那個撞車的人吵了起來。我想什麼人都不太願意捲進去出庭做證人。」

「他也沒有什麼證人嗎？」我問。

「問題就在這裡，他有證人。他找到兩個事實上一點也不知道真相的人，他們宣誓說我在大道前沒有停車。這就是我最困擾的地方了。」

「損傷嚴重嗎？」

「很小，很小——尤其是他的車。我的奧司摩比左側完全凹下去了。這損失要我自己付的。目前我只好用租來的車，真是太不便了。」

「可以。」我說：「真到了有必要請私家偵探時，我們再好好討論一下好了。我們目前太忙。到時我還要讓你見見我的合夥人柯太太。萬一和解沒成功的話，你通知我好了。」

「這樣也好，今天我們只是認識一下，互相談談，誰也沒有對誰有什麼承諾。」他說。

「大家沒有承諾。」我說：「對土地也沒有承諾。」

「我懂。」他說。我們互相握手。

我站在門口，看他走過外面的辦公室，開門，走向外面的走廊。

卜愛茜說：「你看他老遠跑到這裡來，只是因為你出現在新社區而沒有買他的地嗎？」

「我不知道，」我告訴她，「這就是最令我擔心的。」

第十章　談夫人

我來到維多公寓，找了一個地方停車。我找個電話亭，找到葛寶蘭電話，打電話給她，沒有人接。

我等了半個小時，再打電話。

一個女人聲音接聽說：「哈囉。」

我用極有信心的聲音說：「寶蘭？」

「是的。什麼人？」她說。

我說：「叫瑪蓮聽電話——快，要緊事。」

「你到底什麼人？」

「省了。」我說：「十萬火急，快叫瑪蓮聽電話。」

「等一下。」她說。

她沒有掛電話，我能聽到對方有低低的會話聲。過了一下，瑪蓮的聲音自電話傳來，沒有自信、膽怯地說：「喂，是我。」

我開始很重的在電話中呼吸著。

電話對面悲慘的大叫一聲，電話就掛斷了。

我回到我的公司車，開始等待。

十五分鐘後，一輛計程車開到公寓前面。一位計程司機跑出車來，他看看住客名單，按葛寶蘭公寓的鈴。

我走到計程司機身旁。

「知道這是什麼嗎？」我問他。

他看看我，看看我手中夾的，笑道：「我看像張二十塊的鈔票。」

「沒錯，」我告訴他，「是我叫的計程車。這裡是二十元，你拿去。我把帽子向上一舉的時候，你快把車開走，回你的車行去。」

「不去別的地方了？」

「不去別的地方了。你回去就完成交易了。」

他看著我，滿臉疑問的表情，我說：「要這個二十塊就照做。到你車裡去，把引擎發動，我把帽子一抬，你就走路。」

「只是把帽子一抬？」他問。

「是的，」我說，「我總要找一個藉口。假如正好見到一位小姐，我會上去講話，她會嚇一跳，或瞪著我。你只要注意我手，我把帽子一抬，你就走人。」

「好。」他說，拿了錢，坐進計程車，發動引擎。

三十秒鐘之後，臉色蒼白的稽瑪蓮帶了一個小箱子，自公寓出來。

我用手拿住帽子，抬一下，自頭上取下，說道：「哈囉，瑪蓮。你跟我走吧。」

「你！」她驚叫道。

「是的。」我告訴她。

計程車自路旁開走。

「嗨！」瑪蓮想把它叫回來，但車子已走遠了。

我說：「事情已經變成了我不喜歡的局面。瑪蓮，我現在——」

「但是，我告訴過你，我不再需要你了。丘先生告訴過你，你已經被開除了。我自己沒有錢請私家偵探。」

我說：「你站在這裡門口，你等於在給他們機會。你要不要跟我走，我給你找一個沒有人找得到你的地方去。」

「你能做得到嗎，唐諾？」

「你想我來這裡幹什麼？」

她看著我說：「不知道。」

我用一隻手扶住她一個手肘，另一隻手接過她的箱子。說：「走吧，瑪蓮。目前第一件要做的事是離開這裡，不要讓他們知道你已離開了。」

我把她帶向公司車。

「你怎麼知道我在……怎樣找到我的？」她問。

「依照判斷，」我說，「再說，我可以找到你，別人也就可以找到你。」

「他們已經找到我了。」

我突然站住，驚慌地看向她：「怎麼說？已找到你了？」

「是的，也只是半小時之前。電話來，有人對我朋友說一定要和我說話。」

「於是發生什麼事了？」

「一樣的事，那重重的呼吸，什麼話也不說。」

「只有一次電話？」我問。

她說：「下午電話響了四、五次。但是我都沒有去聽。我答應寶蘭，我也不出去，也不接電話。我一輩子不要再住有電話的房子了。」

我說：「這件事比我想像中要怪得多，有計謀得多。現在，我要負責照顧你。」

「但是，為什麼？丘先生對你——我又沒有錢請偵探。我僅有的錢要用來讓自己走到很遠很遠的地方。」

「我知道，」我告訴她，「我不要鈔票。這件事我把它列為投資性質。」

「什麼意思？」

我說：「當我查出這件事幕後是什麼人在搞鬼後，我要在釣鉤上放點餌。」

「餌？」

「是的，我要他們奉獻一點出來。」

「怎麼奉獻法？」

「這一點你看我的，」我說，「他們對你太過份了，這次你不能再做沙袋了，你要反擊。」

「唐諾，」她說，「我希望知道能不能信任你。我想也許……但是……看你也怪怪的，說不上來。你使別人不瞭解，你太有自信心。」

「這只是工作時候的態度，」我告訴她，「我自己一再練習，用來增加客戶信心的。」

「但是，這沒有增加我的信心呀，」她說，「對女性客戶也許這一套用不通。對女性客戶要，有一點點……」

「我嚇怕你了？」我問。

「不是怕你，只是我好像在暗中摸索，而你好像知道自己要做什麼。」

「我是知道。」我告訴她。把公司車門打開：「請。」

我把小箱子向後一摔。瑪蓮坐到前座右側的位置。我繞過車子到左側駕駛座，發動引擎。

「我們去哪裡？」她問。

「第一，」我說，「我們去一個沒有人找得到你的地方。你再也不會聽到任何你不要聽的電話。」

「希望能相信你辦得到。」

「好，」我說，「就拿這一次來做個試驗。你以為我過於自信。假如你再接到一次這種電話，就算我是大烏龜。」

「你要真能讓我脫離這種苦難，真能讓我安心睡一個晚上不要安眠藥片，那就太好了。現在我每次睡覺都做惡夢，醒來總是一身冷汗，瞪了眼看電話，等它響。」

「忘了吧，」我告訴她，「現在開始，你身邊都是朋友。」

「但願真如你所說的。我總是覺得孤獨無助，缺少真正的朋友。」

「你怎麼會想到到寶蘭的地方來的？」我問。

「這是我唯一能來的地方呀。」

「你認識她很久了？」

「是她的主意，我才離開鹽湖城我本來的工作的。她對我現在的職位非常清楚。

好像寶蘭是太平洋職業人事服務處，一個主管的好朋友。這家公司又介紹所有僱員給我現在服務的公司。她知道了有一個好缺等著找人——真正的好缺。而且她知道我的資歷、能力絕對通得過測試的。」

「所以，你辭掉了鹽湖城的職位，到洛城來，主要是受了——」

「不是，不是，」她說，「我本來有兩個禮拜的休假，我乘飛機來這裡找寶蘭。寶蘭把我介紹給她的朋友……」

「我知道，」我說，「艾克遜。」

「不是，不是艾克遜先生，這件事和他無關，她的朋友是韓多娜，她主管所有人員測試。

「艾先生查看了我的背景和資料，然後把我交給韓多娜。她測試我速記、打字、信件處理、速度、正確性等等。」

「你通過了？」

「當然，」她說，「我真的很能幹。唐諾，我們去哪裡？」

「我們現在只是開一段時間車，」我說，「先確定絕對沒有人在跟蹤我們。我在找一個正要變色的交通信號，這樣——你看！這是機會。」

前面的交通號誌轉成黃色，我把車一下開過去看到它變為紅色。

「向後看，」我說，「看看有沒有車跟我們過來？」

「沒有，你是最後通過的一個，」她說，「所有車都停下來了。唐諾，這實在也算闖紅燈的。」

「闖黃燈。」我說。

「我知道，但是黃燈也該停車的。」

「我也知道，但這正是我要的，坐穩了。」我說。

我把車轉入支線，又立即左轉，轉過來就加油。我說：「繼續講，告訴我你是怎樣到葛寶蘭住的地方去的？」

「我今天早上一早打電話給她，要她九點鐘開車在我公寓門口等，不見不散。我不敢乘計程車，因為他們一定會追蹤計程車……唐諾，你想這些是什麼人？都是想幹什麼？為什麼找上我？我能給他們什麼？」

「我不知道。」我告訴她：「這是我們一定要查出來的，等我們有了答案，我們就要開始大反擊。」

「我希望，」她恨恨地說，「你能安排把這個人好好揍一頓。」

「等一下，」我說，「不要說氣話，有時這樣說不但不好，而且有壞處。你慢慢來，由我來處理，你坐著看好了。」

「唐諾，我們去哪裡？」

「你想去哪裡？」

「我不知道，我一定要躲起來，我，我不敢一個人……」

「你躲在柯白莎的公寓好嗎？」

「老天，不好。她叫我難過。她……管三管四的。」

我說：「我有一個祕書，她一個人有一個公寓。我想她會讓你住她那裡。」

「和一個陌生人住在一起，會不方便的。」

「有其他朋友嗎？」我問。

「沒有。」

「一個都沒有？」

「沒有。」

我說：「我們先到我祕書的公寓再說，你們兩位談談就熟了。」

「但是沒有人付你錢做事。」她指出道。

「我會叫人付錢的。再說，丘先生付過訂金，我現在還在為訂金工作。」

「唐諾，我知道你在玩花樣。」

「我是在玩花樣，」我告訴她，「我的目的是找到什麼人在欺負你，而後好好反擊他一下。」

「為什麼呢？」

我說：「我最恨別人欺騙，我最恨別人到我面前來玩花樣。你看，對你這件案子我們辦得不太好。我們是來做你保鏢的，你仍舊收到限時專送，仍舊有電話來，把你嚇得非要逃走不可，嚇得差點神經病發作，我們沒有面子，我不喜歡。」

「你還是沒有告訴我，你怎麼會找到我在寶蘭這裡的？」

「我是個偵探。」我說：「不論你到哪裡，我還是會找到你的。」

「但這是不可能的。」

「我辦到了，不是嗎？」

「這是我不瞭解的地方。」

我說：「好了，我們決定去我祕書的公寓，到了那邊，我們有時間可以聊天，不必擔心前面的路況。」

「但是，這也是別人會想到的一個地方嗎？」

「絕對不會。」我說。

「為什麼？」她問。

「有好幾個理由。」我說：「幕後在操縱的人，認為這件案子裡，我們的關係已經中斷了。他們認為既然私家偵探已經被……我要說，他們認為柯賴二氏已經在這件案子中被掃地出門了。他們一追蹤到寶蘭這裡，就失去線索了。」

「我……我真希望你告訴我，憑什麼你可能找得到我。」

我說：「這樣說好了。你離開寶蘭的時候，你準備做什麼？你叫了一輛計程車。你應該知道，計程車最容易被追蹤了。」

「那沒有錯，」她說，「但是我本來要去機場的。我在那裡混一圈，要找另外一輛計程車去火車站，在那邊再混一陣子，再乘輛別的計程車，確定沒有人跟蹤之後……再……」

「再怎麼樣？」我問。

「再，」她說，「再怎麼樣連我自己都不能決定，船到橋頭再說吧。」

「有沒有離開洛杉磯的打算？」

她說：「我的朋友都在鹽湖城，也有點政治力量，他們會保護我。」

「你有打算去鹽湖城？」

「是的。」

「乘飛機？」

「不會。我會租一輛車，開去拉斯維加斯，把車在那邊還掉，乘飛機去鹽湖城。」

我說：「租車子不用駕照行嗎？這是追蹤的人第一個要看的地方。所有租車的公司都會調查的。」

「我沒考慮這一點。」她說。

「你沒有想到的還多著呢！」我告訴她：「現在你好好坐著休息休息，讓我好好來開車，我要確定沒有人跟蹤我們。」

我故意東轉西彎，使她相信我在避免萬一有人跟蹤。最後在卜愛茜公寓附近，找了一個停車位置，把車停妥，把車熄火，但沒有下車的意思。

「要我在這裡待多久？」她問。

「等你告訴我真相。」我告訴她。

「真相？」她說，「我把真相都告訴你了。」

「沒有，你沒有告訴我真相。」

「唐諾，我都告訴你了。我發誓都告訴你了。」

我說：「你沒有把今天早上寶蘭打電話給你的事，告訴我。」

她看著我，要說些什麼，然後嘴巴張開，什麼也沒有說出來。

「說呀，」我說，「告訴我，有多少人在這裡知道你新換的電話號碼？」

她又張了下嘴，改變意見。然後說：「沒有別人。但是你怎麼會知道的？」

「我早就知道了。」

「但是我……我把這段錄音洗掉了……唐諾，有人竊聽我電話？」

「當然不可能，」我說：「像這種情況絕對不會有人能竊聽你的電話。」

「那你是怎麼知道的？」

我說：「這樣說好了。我用推理的方法知道的。你告訴我你打電話給寶蘭，說叫她九點鐘開車在你公寓門口接你，不見不散。但是你並沒有打電話給寶蘭，因為白莎和你在一起，所以一定是寶蘭打電話給你的。那就是白莎知道有人打進來的那一次，你洗掉錄音帶的那一次，白莎跑進洗手間的那一次。」

她用大眼睛看著我。

「昨晚上你用加過藥的巧克力給白莎喝下後，自己到哪裡去了？」我問。

她用受驚的眼神張大了眼，看著我道：「唐諾，你在說什麼呀？」

「儘管裝，」我說，「你不過浪費時間而已。」

「你怎麼會想到我到什麼地方去了？」

「明顯到極點了。」

「唐諾，我可以信任你嗎？」

「什麼意思？」

「能不能相信到我告訴你的事絕不洩漏出去？」

「你要相信我，我不論做什麼事都是以你的利益為先。只要我還過得去，我要好好保護你。你是我的客戶。丘先生付了錢，要我們保護你，不是保護他。我要對你忠心——只要自己還可以。你應該相信我，事情也一定是如此的。」

「你有沒有看到下午版的報紙。唐諾？」她問。

「這有什麼關係？」我問。

「報上有一件新聞，有關一個女人被人謀殺。一個別人稱她夫人，一個拉皮條的老鴇。」

「談珍妮？」我問。

「是的，那麼你是知道的？」

「我知道。」我說：「你和她有什麼關連呢？」

「我，我曾出過兩次約會的差。」

「經過這夫人安排的？」

「是的。」

「什麼樣的約會？」

「錢倒是不算少的，每次拿五十元和計程車錢，因為自此之後，談夫人沒有再給我安排過約會。」

「他們期望要你做什麼？」

「要那麼仔細告訴你嗎？」

「其中有一次約會是丘先生？」

「不是，丘先生對這件事完全不知情，也一點沒想到過。假如他知道了，他……他會離我遠遠的，會當我是個燙手山芋一樣快快脫手。」

我快快的想了一下。

「你是從鹽湖城來的？」

「是的。」

「這裡還是有朋友的？」

「只有一個。」

「誰？」

「葛寶蘭。」

「那麼，你怎麼會搭上談夫人這條線的？」

「經由鹽湖城一個小姐，她——反正我寫信告訴她，來這裡後多寂寞。她來信告訴我可以去看看談珍妮夫人。」

「你就去了？」

「是的。」

「把什麼人推薦你去也說了？」

「她和我談話，問我很多問題，問我有沒有丈夫、男朋友，都是身家調查。」

「給了你兩次約會？」

「是的。」

「兩次是同一個男人？」

「不是。」

「什麼樣人？」

「第一次約會那個人，再怎麼說我也不會再和他出去。」

「第二個呢？」

「比較好一點，但是——他笑我，說我是老派的人。我想，他不會再和我出去。」

「所以，」我打一個高空：「昨晚上你一定要去和談夫人攤牌，為什麼？」

「為了——喔，唐諾。」

「說呀，要說就說個明白。」我說。

她說：「因為有一點線索，使我突然想到，談夫人也許是這些電話的幕後主使人。」

「什麼線索？」

「因為我突然想起信上的字——鉛字湊起來，圖章一樣印上去。我想起談夫人有一套這種活動印章，我第一晚去的時候，她用夾子在夾鉛字，裝進一個字盤去。

「我昨天下午很晚才想起這件事。我本來想告訴你，又怕你跑去看談夫人，於是你會知道這種約會的制度，你會知道我也做過他們的約會女郎。假如丘先生也知道了這件事，就職位拜拜，每樣東西都拜拜了。」

「於是你自己怎麼做呢？」我問。

她說：「我決心自己一個人去看談夫人。」

「你去了？」

「是的。」

「你給白莎的巧克力下藥了？」

「我不喜歡你用『下藥』。我——我看白莎很累了，我要她好好睡上一個晚上。我有些安眠藥我知道絕對沒有問題的——唐諾，我是下了兩顆在她巧克力裡。」

「等她睡著了？」

「是的。」

「你用你自己的車子？」

「我的車子我無法取到。我下樓之後，叫計程車去的。」

「你招了計程車，直接去她家？」

「是的。」

「是什麼時候？」

「老天，我不知道，大概——是柯太太睡下去，睡著了，開始打鼾之後……我想，是十點半，十一點左右——我沒有特別注意時間。」

「好！你去那裡，和談夫人說話了，你是怎樣回來的呢？有沒有叫計程車在外面等呢？還是——」

「沒有，沒有，我沒有和她說話。」

「你沒有？」

「沒有。」

「為什麼沒有。」

「屋子的前面在我到達的時候已完全沒有亮光了。屋子後面還有光，所以我繞到側面去。到側面我知道亮光是從臥室出來的。我能聽到談夫人在和什麼人談話，說得很快，說得很當真。我想我最好等一下……但是我有點好奇，又想知道什麼人在她臥室裡，然後我聽到一個男人的聲音。」

「聽到在說什麼嗎？」

「沒有，只是低低的男人聲音，我絕對知道是男人。」

「是吵架嗎？」

「我不知道是不是吵架。但——她說話很誠懇，好像要解釋什麼似的，也或許是想說動男的去做什麼事。你要知道，談夫人跟每一個人說過，她的門前不喜歡別的人來停車，她說停車多了會吵鬧鄰居，而且活動太多會引人注目。所以我叫計程車到下一個街角，在那邊等候。

「我一直等，希望那男人走，但他沒有走。從談夫人的語氣，我聽得出她在表示什麼她已經安排好了，沒問題。想想我要在她這樣情緒下和她談判，心裡真不是味道。我想我對這種事本來就不是在行的。」

「無論如何，我站在那裡心裡想，今後我應該去南美洲或什麼地方，把一切煩惱都拋掉。也就是這時候我想到要請丘先生資助我逃亡經費。」

「所以你回到計程車去，回家了？」

「唐諾，計程車走掉了。我想他等太久了。不管怎樣，我出來時他已不在我請他等的地方了。我走了十條街，才有巴士站，我是乘巴士回家的。」

「你留下了一條一里長的尾巴。」

「什麼意思？」

我說：「計程車司機看到報，會想起那個地址，他會去報警的。」

她蒼白地看看我，怕怕地說：「唐諾，他不會這樣的，他人不錯。」

「你怎麼會這樣想？」我說：「這件事是個大案子，誰都會注意到的。再說警察絕不是笨人，少自己安慰了。我現在在想的是時間因素。」

「為什麼？」

「目前我還不必和你討論，不過我要知道你到那裡的準確時間，我會自己去找出來的。」

「以警察立場看來，他們一定正在找你，你也熱得像個火爐上的蓋子，你不可以用假名字，因為假名字是逃避的證據，在加州逃避又是有罪的證據。」

「有什麼罪？」她問，「我什麼錯事都沒做過。談夫人也是因為我什麼錯事也不肯做，才不再要我的。」

我說：「謀殺罪。」

「謀殺罪！」她大叫道。

我點點頭。

「唐諾，他們不能這樣。」

「他們能這樣，也會這樣，」我說，「現在，你告訴我，第一通這種電話是什麼時候來的？第一封叫你離開的限時專送，又是什麼時候來的？」

她說：「我永遠不會忘記是哪一天。這是五號，我接到第一封限時專送，裡面由剪下來的報紙貼成威脅語氣，十五分鐘後第一通電話就來了。」

「什麼時候？」

「是在下午，我才工作完畢回家。我已沖過涼，正準備煮點東西吃晚飯。我穿得很隨便，因為我想到還要洗碗，我不願把衣服弄髒了。」

「這都是在五號？」

「是的。」

「四號的時候你有次約會外出？」

「你是指談太太安排的約會？」

「是的。」

「沒有，我那時至少已經沒有她安排的約會十天到兩個星期了。我一共只有兩次她安排的約會，唐諾。」

「兩次距離多遠？」

「我看看……第一次是在一個星期三，第二次是在同一禮拜的星期五。」

「談夫人給你詳細指示，應該做些什麼？」

「是的，有印好的指示，有印好的規定。我也聽她警告過我，假如我違反規定，就有麻煩，而且不再安排約會。」

「但是你沒有違反規定？」

「沒有，我完全照規定行事。」

「好，」我說，「你說神秘的電話是五號開始的。你再想一想，四號你做什麼了？」

「四號，為什麼？大概沒什麼新鮮的。」

「三號呢？」我問。

她把眉頭蹙在一起：「唐諾，我實在沒有辦法讓腦袋像這樣開開關關……三號，三號，三號也沒新鮮的。」

「沒有新鮮的話，是做些什麼呢？」我問。

「早餐，葡萄柚汁、吐司、咖啡——當然是起床和沐浴在前。上辦公室，十點鐘休息一刻鐘，中午午餐休息一小時。」

「午餐你吃什麼？」

「午餐我一直吃得很好。但是我喜歡一面吃飯，一面玩填字遊戲。我對填字遊戲最入迷了。」

「所以你中午的時候，一小時都用在吃飯和填字遊戲上？」

「是的。」

「三號也是如此？」

「是的。」

「四號？」

「是的，應該是的，不過我不能記得太清楚。」

「晚上呢？」

「兩天中有一天晚上我去看電影了。我自己請自己喝點雞尾酒，一餐晚飯，然後去看了場電影。」

「你一個人去喝雞尾酒，吃晚飯？」

「是的，他們不讓我一個人進雞尾酒吧廊，一開始我有點困難，後來因為我去過那裡好多次，不少人認得我。我告訴他們我約好的男朋友在這裡見面，我來早了。才解決困難。」

「你騙了他們？」

「我是騙了他們，但是我不願先到餐廳去，坐在餐桌上叫雞尾酒吧廊的女侍給我送酒來，那樣又要加服務費，又要付雙份小費。」

「在雞尾酒吧廊裡，見到什麼認識的人嗎？」

「我……」她突然停了下來。

「說呀。」我說。

「是的，我見到了幾個以前見過的女郎。」

「朋友？」

「見過的人——她們經過談夫人介紹約會，我想是她的小姐。」

在這個時候，卜愛茜開車過來，開始找停車位置。

我把車門打開。

「來吧，」我對瑪蓮說，「愛茜回來了，我給你們介紹。」

第十一章　消失的報紙版面

卜愛茜根本想不到有人在等她，所以在我按幾下喇叭之前沒有見到我們，然後她的臉色亮了起來。

她把車開向這邊路旁。

我幫助瑪蓮離開汽車。

「唐諾，怎麼回事？」卜愛茜問道，兩眼好奇地看著瑪蓮。

「有一件事，我要請你幫個忙。」

「沒問題，任何事。」她說。

我為她們兩個互相介紹。

「稽瑪蓮？」愛茜深思地說：「老天，我在辦公室裡聽到還是看到過你的名字？

我是賴唐諾的私人祕書，你知道。」

「這稽小姐是我們保的鏢。」我提醒她。

「噢。」愛茜說。

「我要和她談一談，我要有個證人在場。我要從談話中找出一點她雖然知道，但她自己不知道自己知道的事。你要幫我的忙。」

「現在？」她問：「吃飯之前？假如你不太餓，我當然可以給你們弄點吃的，只是我肉不多，最多給你們弄點炒蛋、香腸什麼的。」

「我們先說話，後吃飯。」我說：「我們出去吃飯。」

「不要，不要，」瑪蓮說，「我只要留在沒有人知道的地方就可以。我不再要這些怕人的電話，我——」

我知道愛茜喜歡好的食物，所以我說：「好，我們先談一下，之後我們出去買一些厚的腰肉牛排。我們自己在公寓裡來烤，也可以順便烤幾個大洋芋，烤熟了拿出來切開，加上牛油、起司，再放進去烤。統統我請客，另外再買一罐洋蔥圈來炸，法國麵包，和一瓶葡萄酒。怎麼樣？」

「聽起來，」愛茜說，「美極了。」

「我不認為我有那麼好胃口，」瑪蓮說，「但是，這些聽起來——的確很開胃。」

我們一起來到愛茜的公寓。

愛茜說：「你們原諒我一下，我先要把一整天辦公室得來的衰氣洗洗掉，馬上來陪你們。」

瑪蓮問我：「唐諾，我今天晚上要住哪裡呢？」

「放心，船到橋頭自然直。」我說。

「你什麼意思，說要找出我知道的事情，但我自己不知道自己知道？」

「正是如此，」我說，「我想在四號的時候發生了什麼事。你自己忘記了，這是重要的。」

她的眼睛在我直接注視下，突然膽怯起來。

「你想起來了，是嗎？」我問。

「沒有。」她說。

我說：「坐下來，不要客氣。把這裡當自己的家。」

卜愛茜自浴室出來，輕鬆、清爽得像朵鮮花。她仔細地看著瑪蓮，用的是女人看女人的方法——像是在從頭到腳的清點存貨。

我說：「由我來開始，我要你們兩位瞭解，我們的偵探社接受了訂金，要我們保護這位瑪蓮小姐，使她不受任何外來的騷擾。瑪蓮失去了耐心，因為她覺得我們的保護，及不上她所想像的，所以她把僱用我們的丘先生請來，把我們解僱了。

「不知因為什麼，我感覺到瑪蓮是在逃避一件事情。也許連她自己也不知道在逃避什麼。我的意思是她自己也只有隱隱的一點潛意識。我認為瑪蓮對談珍妮夫人如何執行她的業務，知道的比告訴我們的還要多。」

「沒有，沒有。我什麼都告訴你了，唐諾。」

「她給過你規則？」我問。

「是的。」

「印刷品？」

「是的。」

「你不會把它留著，正好帶在身邊吧？」

「我想我有一份。」

她打開皮包，在裡面摸索著。

皮包裡都是女人皮包常見的東西。

她拿出一個小皮夾，抽出兩張摺疊了的紙，一張是填了一半的填字遊戲，另一張是印了字的紙。

她把印好了字的紙打開，遞給我。

所謂規則，是第一流的掩飾之詞。任何時間警察要插手調查的話，談珍妮夫人就可以把它拿出來搪塞一下。

印好的規則是這樣的：

這是一個合作性質的導遊服務機構。你是自願參加我們的一員，參加的目的是利用傍晚時間自己有正當的消遣、合宜的伴侶和增加收入。

導遊人員不可私自探問顧客的身分。

導遊人員不可有任何影響淑女身分的行為。

導遊人員不可接受小費、額外賞賜或金錢贈與。

導遊人員所導遊的男士，已付本機構合作金五十元。其中百分之二十為行政費用，其餘四十元歸導遊員本人。

導遊不得將對方帶至自己居住的地方，不可將電話號碼、地址交付對方，亦不可洩露自己身分。只能告知住址為羅德大道七六二號，與母親住一起，約會結束後亦應返回上址報到，於男士離開後，才能自由返家。

計程車來回的費用，本社會以其他名義，在五十元以外，向男士先予收妥，是故導遊員之計程車來回由本機構開支。

出遊時一切開支由男士負責，化妝室小費的零錢，可以向男士要。花束的致贈可以接受。

各導遊人員必須瞭解，任何破壞規定皆可導致本機構及其他導遊人員極大之困擾與難堪。

返回報到的時間，不可遲於清晨一時三十分，必須盡一切可能使男士護送返回羅德街地址。

個人親暱以吻別為最大極限。停車於人少地區或至私人非公開場所逗留皆為嚴重違規。出遊地點限於高尚人士正當傍晚消遣場所，如雞尾酒廊、餐廳、夜總會、戲院、劇場、高級跳舞場所等。一切非公眾場合皆須避免進入。

「你遵守這些規定？」我問。

「每一個字。」她說。

「你認為出錢僱你導遊的男士不高興了？」

「我認為，」她說，「有一個男士以前利用過談夫人的地方，請過小姐，說這些規定做出來的目的是叫人來違規的。」

「哪一個男人？」我說，「第一次約會那個，還是第二次約會那個？」

「兩個都是……尤其是第二個。」

我把填字遊戲拿起來問道：「這是什麼？」

她說：「每天中午我有一個小時，我不願匆匆吃完就回辦公室，我又不願逛馬路，天天逛也不行。我辦公室附近有個速食店，不太擠，我每天去，事前都把晨報填字遊戲剪下。我也不急於求解，只是中午一個小時有所消遣而已。我每天一面吃東西，一面玩填字遊戲，一點差十分離開餐廳回去上班。」

「這一個為什麼一直留著呢？」

「因為有兩個字我一直沒想出來。我希望第二天能看看揭曉。報上都是如此，每天刊一個新的填字遊戲，同時又把昨天的答案揭曉。」

「好，這是哪一天的？」我問。

她皺起眉頭來說：「這是——這是五號的。」

「那為什麼你沒有在六號看看揭曉，把這個甩掉？」

「六號的報紙出了點什麼事，我一直很懊惱。我拿到辦公室來的報紙——有人把填字遊戲這一版報紙先抽掉了，體育新聞，還有一點其他的都沒有了。」

「你沒有真正關心到買張報紙，看看填字遊戲的解答？」

「沒有，那晚上我去看電影了。」

「那是你自己請自己喝酒，吃晚飯的那天？」

「不是，自己請自己是再早一天，是四號。四號晚上我自己請自己喝酒，自己請自己吃飯。看看別人跳舞，分享他們一點的快樂。我不能逗留得太晚，因為我在裝著等我的男朋友出現。等了一會，他沒有來，我只好自己點菜開始吃。僕役們都在用奇怪眼光看我，所以我不能耽擱太久。」

「然後五號開始，電話來了？」

「是的。」她說：「我——」

門鈴聲響。

我皺眉，對愛茜說：「假如你不介意，瑪蓮應該到你浴室去把她自己清洗清洗。我不喜歡有人知道她在這裡。」

「你是不是要留她在這裡和我一起住，唐諾？」愛茜問。

「我還不知道。」我老實說。

我向瑪蓮點點頭。

門鈴響第二次時，她已經溜進了浴室，門上又響起了直接敲門的聲音，柯白莎的聲音大叫道：「愛茜，開門，有要緊事。」

愛茜害怕地看看我。

我走過去把門打開。

生氣到火冒三丈的白莎，大步走進裡面來。

「整個下午，我都在想辦法找你。」她說：「你這個習慣真壞，從來不知道打個電話給辦公室說你在哪裡，有事哪裡可以找到你。你從來不知道『遊必有方』是什麼意思。將來我看你死在外面沒有人給你收屍。」

我說：「坐一下，白莎。」

白莎怒視一下愛茜，又看向我說：「最近越來越不像話。好像我要找你，先要愛茜批准才行。我就是想極有可能你會在這裡，所以我下班開車先經過這裡看一下。嘿！可不是，你的車緊靠著愛茜的車屁股，交配季到了一樣——我是說汽車。」

白莎還在冒煙。

「有什麼解決不了的事，白莎？」我問。

「那個小娼婦，把我當傻瓜！」白莎說。

「她又怎麼啦？」我問。

「你等著，等我來告訴你。」

白莎強健地走向電話，拿起來，撥了個號碼，說道：「總機？」

等對方回答後，她說：「我是柯白莎。給我聯絡宓善樓警官，告訴他我已經在卜愛茜的公寓找到了賴唐諾，我現在和他們在一起。」

白莎把這裡地址告訴了他，把電話掛斷。

她走回來，把她自己塞進一張椅子，說道：「沒有人可以把我們偵探社當傻瓜來看。只要我在，一天都不行。」

「白莎，什麼人把我們當傻瓜了？」

「你他媽的當然知道我說的是什麼人。這件案子本來就是個大烏龍。」

「指什麼？」

「電話、重重的呼吸、限時信，亂七八糟的玩意兒。這一切都是安排好的，目的是給這個小娼婦一個不在場證明。

「不論是誰問起這個小妹子那一天晚上她在哪裡。她都會說出來不但她在睡覺，而且由於最近不斷有人騷擾她，所以她請了一個保鏢。有個柯賴二氏私家偵探社的柯白莎，那晚整晚陪著她。她不可能離開房間一步，因為她都在看著她。」

我沒說話，白莎恨恨地說：「說不定她還要加油添醋說我睡覺會打鼾，吵得她睡不著，但是她不敢動，因為動一下一定會吵醒我。」

「我認為你太多疑了，白莎。」我說。

「好，你去說我太多疑好了。我是個偵探，我只要開始查，我要答案。有人拿我當擋箭牌，我要知道她的理由。」

「找到這件案子的理由了嗎？」

「那還用說！找不到理由還能當什麼偵探？」白莎說。

「是什麼理由呢？」

「我告訴你那巧克力是下了藥的，你不相信。但是，早上起來的時候，兩個杯子都在水槽邊上。我知道我用的是哪一個杯子，因為在把手上有一塊地方有撞過毛毛的，杯裡還有點巧克力剩下。我拿了點化妝用紙把剩下的巧克力吸出來，拿去檢驗。

「他們說不出下了多少藥，但是巧克力裡有巴比妥酸鹽是絕對的事實。」

「這仍舊沒有證明什麼，」我說，「也許瑪蓮想真正的好好睡一個晚上，所以要你——」

「你給我閉嘴，」白莎賭氣地說，「只要案子裡有個女人，她給你看兩眼大腿，用眼睛多看你兩眼，嘆兩口氣，擺兩下屁股，掉兩滴眼淚，親你兩下，你就魂也沒有了，祖宗八代姓什麼也忘了。對我來講就一毛錢也不值了。」

「好了，」我說，「白莎，說吧，你還做了什麼？」

白莎說：「我知道她沒有用自己車，我每個大計程車行都去問，問他們昨天晚上有沒有計程車出差到耐德公寓。那小娼婦原來那麼著急要我入睡是為了什麼？其實不必問我也應該想得到的。」

「計程車公司怎麼講？」我問。

「也沒什麼。」白莎說：「她用電話叫了輛計程車。司機在十點三十分到公寓，瑪蓮已經在門口等著了。黃色計程車！」

「宓善樓和這件事又有什麼關係？」我問。

「宓善樓和這件事的關係是那個小娼婦叫計程車，把她送到羅德大道七六二號。假如你不知道，談珍妮，一個皮條客或是老鴇——不管你叫她什麼，在羅德大道七六二號被人謀殺了，時間是十點到清晨三點之間。

「現在，你賴唐諾，有什麼理由可以說那小娼婦是無辜的？」

我準備要說什麼，但是門鈴又響了。宓善樓的聲音說：「開門。」

白莎替他開了門。

「有什麼發展？」善樓問。

「當然，否則找你幹什麼，」白莎說，「那個女人叫了一輛計程車，十點三十分接了她直奔羅德大道七六二號。

「我自己開車去那個地方，那個地方像著了火一樣熱鬧，原來一個什麼夫人昨晚被謀殺了。這是我打電話給你的原因。」

「很好，白莎。」善樓說，又皺眉頭看向我說：「賴唐諾混在裡面幹什麼？」

「我還不知道。」白莎說：「我有點懷疑賴唐諾又在和那女主角鬼混，混昏了頭。要不然他的腦子不會不知道這是別人安排好的陷阱。這件事從一開始就是一個陷阱，什麼限時專送、什麼恐嚇電話，統統是做個藉口，可以請個保鏢，陪她一個晚上，做出一個不在場證明，她可以利用。」

「這就是事先設計好，有預謀的第一級謀殺。」善樓說。

「一點也沒有錯。」白莎說。

我說：「你從一輛計程車推敲出那麼多事情來真不容易。那司機能不能指證確實是她沒問題呢？」

「假如他還想在這個城裡吃開車飯的話，最好他能確定地出面指證，」善樓嚴酷地說，「白莎，照這樣說來，我們用什麼方法可能把這女人捉到呢？」

白莎看著我，聳聳肩。

善樓看著我。「談夫人的謀殺案，」他說，「炙手可熱，對警方非常不利，因為我們本來就在看守這棟房子。我們沒有料到在一、二點鐘，這些男士帶女郎回來之前，會出什麼紕漏。所以在這之前，我們決定跟蹤一、二個男士，先知道一點內情。」

「為什麼選男士？」

「因為小姐會賴得乾乾淨淨，以保護自己，」善樓說，「男士不同，開始也許會賴，但是我們用『公開姓名』威脅他，『保證不公開』引誘他，他什麼都會說出來的。這一手我們萬試萬靈的。」

「有是有一個辦法，」白莎說，「你能——這是什麼東西？」

「什麼？」善樓問。

白莎指著兩個女用皮包。「一個我認為是愛茜的，」她說，「另外一個是什麼人的？」

善樓猝然一把把瑪蓮的皮包搶了過去。

「他奶奶的，」白莎怒視著我說，「你動作真快，沒想到你已經給她軟化了，還真付之行動了。」

白莎把自己從椅子中抬起來，走到浴室門口，試試門把，扭轉了兩下，說道：「好了，瑪蓮，出來吧，有人來看你了。」

裡面一時什麼動靜也沒有。

白莎說：「你要我把門打破，進來拖你出來嗎？」

裡面門閂一響，瑪蓮把門打開。

「是她嗎？」善樓問。

「一點不錯。」白莎說。

「好了，」善樓說，「我們去找那個計程車司機來指認——走啦，妹子，我們去兜兜風。」

善樓轉向白莎，他說：「通常不需要外行的幫忙，我們都可以自己處理一切案子的。這一次，白莎，你給了我不少的幫助，我不會忘記的。」

善樓又轉身懷疑地看著我：「小不點，我們也不會忘記你在這案子裡的重要性。」

「你是說，我也幫了你一點忙？」我問。

善樓用右手橫過自己的脖子，做了一個切斷脖子的姿勢。「喔，不錯，」他說，「你給了我們『你』通常方式的合作。」

我說：「假如你對我多一點信心，我可以替你做很多你想不到的事。」

「是的，我知道，我知道。」善樓說。又轉向瑪蓮：「走吧，妹子。這是警察公事。」

「你有逮捕令嗎？」我說。

「你比我清楚我沒有逮捕令，」善樓說，「我們要帶她回去請教幾個問題。我們要請計程車司機看看她。」

我說：「瞎說，你除了計程車司機一句話之外，什麼依據都沒有。計程車司機說他載了一個女客，從耐德公寓到羅德大道七六二號，即使正好是謀殺案相似的時間，也不能把耐德公寓女性住客全捉起來。即使計程車司機指認就是這位小姐。將來有人請一個精明的律師，看他能不能把你今天亂捉人的行為，連皮也給你剝下來。」

「你說的？」善樓說。

「小心他，」白莎說，「他不是在對你說，善樓，他是在教她。唐諾已經被這女人鉤住了。老天！這小子的弱點就是女人，有一天他一定會斷送在女人手裡。」

瑪蓮站在那裡，臉更蒼白，身體在抖。

善樓對她說：「小姐，不要聽他的。我們和你一樣，想把這件事早日澄清。我們要的是真兇，當然不同。你沒有殺人，我們會幫你忙。你只要說老實話，把一切都告訴我們，我們證實你說的是實話，就沒事了。」

瑪蓮看看我。我搖搖頭。

「走吧。」善樓說。

「我一定要跟他去嗎，唐諾？」她問我。

「你當然一定要去，」善樓說，「這件事你的嫌疑已經深到快把你滅頂了，你一定要回答我們的問題。把你自己過去的一切告訴我們，讓計程車司機再看看你。這些都可以幫你脫掉嫌疑的。」

我說：「一個決心謀殺人的兇手，怎麼可能打電話叫個計程車，直接開到現場，叫計程車等候，準備乘計程車回來，浩浩蕩蕩的就怕別人不知道？留下那麼大一堆線索，等著警方來發現？」

「你怎麼知道兇手會做什麼樣的事？」善樓問，「我一生都在查這種事。殺人兇手有的時候真會做出莫名其妙，令人不能相信的事。走，妹子，我們走。」

白莎看看我，又看看愛茜，對我說：「我想，你當然還要在這裡留一會。」

善樓扶了瑪蓮出去，白莎跟在後面。

房門被他們帶上。

「唐諾，」愛茜說，「你想她會不會真是兇手？」

「目前，我真的不知道，」我說，「但是有好多事情我希望能找出真相來。目前第一件事是找一份六號的報紙。六號的報紙上有五號填字遊戲答案的那一版，哪裡去找呢？」

「就在這裡找呀，」她說，「我的舊報紙都整齊地疊好，每隔一段時間和隔壁的女郎合在一起賣給收舊報紙的人，這總比丟掉好。」

「我要六號有填字遊戲那一版，上面有體育新聞——還有經濟欄和訃聞消息。」

「我們看什麼呢？」

我想了一想說：「照片。」

「照片？」她問。

「是的，」我說，「照片。有人不要瑪蓮看到報紙上的東西。新聞標題有運動和經濟的不太附和。但是這位女士不同，她對人名和面孔有特別的記憶能力。我感覺得到報上會有一張照片，對她有點特別的意義。」

「照片會是什麼人呢？」愛茜問。

「讓我來猜一下，」我說，「瞎猜一下。我想照片會是狄喬獅的。多半是說他升任了新社區的推銷經理什麼的。」

「假如瑪蓮看到這張照片呢？」

「那瑪蓮會認識，這個人曾經找過談夫人和她約會過。」

「好的，」愛茜說，「我把報紙找出來看。你說什麼，我也願意相信是什麼。」

她找到了報紙，裡面沒有狄喬獅的任何消息。

填字遊戲這一版包括運動新聞、股票行情、次要的經濟新聞、氣候報告和訃聞消息。

依據瑪蓮所說的，除了這一版不在之外，其他都不缺少。那又是為什麼呢？

我把這一版報紙在愛茜公寓的桌子上鋪平。我一行一行看，也看每張照片。

一個體育評論家，在他專欄上有張小照片。這專欄每天一小段，照片也每天在上面。經濟短評欄上面也是如此。有一張照片是一個左外野捉住他個人第一百個擊向他管區內的高飛球，雖是望遠鏡頭，但臉是照不清楚的。

訃聞欄裡也有幾張小照片，只有一張是大照片。大照片的主人季貝可，是一位稍有名氣的資本家，他和太太度假的時候，因為心臟病死在聖大芒尼加的汽車旅社中，死的時候太太在身邊。

有相當多的資料登刊在這位資本家照片之下。他是聖塔安納一家銀行的總裁，很多連鎖企業公司的老闆。

我把報紙摺起來，停下來仔細想了一下，又打開來看季先生的照片。

「想到什麼了？」卜愛茜問。

「我覺得，一定是這張照片。這一版裡面就只有這一張照片大到夠認識面貌。」

「但是，唐諾。一個聖塔安納的資本家和稽瑪蓮之間，能有什麼因素可能連在一起呢？」

「從你這樣立場看來，可能什麼也沒有。」我說：「但是假如你看到被抽掉的一版報紙，只有這一張照片還像是照片——而且，這裡還有一點奇怪的地方。我們試用另一個角度來看看。

「這傢伙是離家去度假。他和他太太準備開車沿太平洋西北線北上。」

「這有什麼不對？」她說。

我說：「住在聖塔安納，決定沿太平洋西北線北上度假的人都會一早出發。都會在第一天開車到薩克拉曼多或是舊金山，在那裡過夜。沒有人會開一點點路在聖大芒尼加的汽車旅社中過夜。」

「但是，他們怎麼做，又和稽瑪蓮有什麼關係呢？」愛茜問：「他們是高高在上的資本家。依報上所說，他留下兩個孩子，男的十九，女的十七。他實有的職位還有商會會長、教會長老。他太太是當地婦女會會長。」

「我知道，」我說，「一樣的說不通。愛茜，給我一把剪刀，反正我先把這一部分留下來。」

我把季貝可死得不是時候的這一欄，全部剪下，摺疊起來，放進我的皮夾，打個電話給黃色計程車公司。

「我是『凡多拉之聲』的記者丁先生，」我說，「我們正在寫一篇有關談珍妮夫人被謀殺的報導。我們有消息知道你們的一位計程司機，在差不多命案發生的時間，載了一位嫌犯到談夫人的住址去。我們想要那司機的姓名，和車子的號碼。假如可能的話，我們還想來拍張照片。」

接電話的女生對這件事已經不感興趣，厭煩了。她說：「我們希望你們報館知道，我們不是新聞局，我們還有生意要——」

「少來，少來，小姐，」我說，「你們希望的是對你們有利的宣傳。再說，你們生意全靠公共關係。那傢伙叫什麼名字？車號是幾號？」

「賀漢民。」她說：「車號六八七——J，他的固定站在畢氏大廈。不過幾分鐘前他回報過，警察把他請去總局問話了，他把計程車留在畢氏大廈前面，乘警車去的，他說只要完事，他回到計程車的時候，會再聯絡報到上班的。目前還沒見他回報。

「請問你們，這樣滿足了嗎？公共關係夠好了嗎？」

「最好的公共關係，」我告訴她，「我們會提到你們組織建全，會說到你們全市都有無線電聯絡，固定停車站分佈全市，只要電話到，發車到達幾乎是立即的。你老闆會滿意的。」

「我見到才算，」她說，「剛才你說是什麼之聲來著？」

我說：「我目前才離開固定的位置，不過這篇東西會給最大的報社的，而且會有影響力——等一下，老張，坐一下，我就陪你……你真好，謝謝你，再見。」

我把電話掛斷了。

第十二章　計程車司機

在畢氏大廈黃色計程車固定停車站前，我足足等了一個小時，一輛警車才駛過來。

宓警官和那位計程車司機坐在後座，善樓在車內替他開車門。

「謝謝，」我聽到善樓說，「我們儘量不使你感到不便。你還要把這些告訴地方檢察官一次，但不會耽誤太久的。」

計程車司機說了些什麼我沒有聽到，而後善樓離開，計程車司機走過來，進他的車子，拿起麥克風和總公司聯絡，說他回崗位工作了。

我等了兩分鐘，而後悠閒地逛到他前面。

我自己把車門打開，給他一個大概需十分鐘的車程地址。

「嗨，」我說：「你哪裡去喝咖啡，一喝喝那麼久。我早一點來這裡找過車子，你的車停在那裡，沒有人，也沒有燈。我自己也去喝了杯咖啡，以為——」

「你想我到哪裡去了？」

「當然，喝杯咖啡，吃點火腿蛋，也許打了個盹。」

「打個鬼盹！」他說：「給警察弄去了才是真的。」

「真的呀。」

「真的。」

「說你幹了什麼？」

「倒不是我幹了什麼。除了開計程車，我能幹什麼？有個女人叫我車子，去一個地方，據說裡面發生了謀殺案。另外一個女人被殺死了，他們要我去指認。」

「認出來了嗎？」我問。

「當然。」

「一排人都差不多的，讓你指認？」

「噢，老花樣。」他說：「一排人是沒錯，但是他們在我從一排人當中選出她來之前，先想辦法讓我見到她。他們老公事了，對這種事聰明得很。他們假裝不小心在問話的時候，你正好走過，幾乎你已經知道了你要選什麼人出來，之後，就把一排人五、六個排出來，叫你來指認。」

「你真內行，好像以前也做過相同的事。」

「半打。」他說：「噢，也許沒那麼多次。我們值夜班的計程車司機比白班有變化得多。我被請去過好幾次，要指認搶計程車的歹徒。有一次我去指認一個傢伙，曾經拿一支槍指著我的背，叫我猛加油，他要脫逃，但是我這輛老爺車怎能和警車比快？」

「今天那個女孩子，你看定是沒錯吧？」我問。

「噢，當然。」他說：「老實說，排起隊來指認是多此一舉。她指名道姓叫我去接她的。」

「怎麼會？」

「噢。」他說：「我們計程車司機都認識幾個在外面玩的女孩子。她們也要認識幾個可靠的司機。你名譽很好，小姐們都知道，也互相交換情報。這個女郎打電話，指定問賀漢民在不在附近，是不是正有空可以送她去——就這樣，她得到安全，也多給我小費。」

「你以前開車送過她？」

「當然，」他說，「我送她去過同一個地址。我——怎麼啦，又什麼事？」

一輛警車自後面超前，紅燈在我們車子左邊閃動。賀漢民把車子移向路邊。

駕駛警車的就把車在我們車旁當街一停，後座出來的是宓善樓警官。

「好呀，好呀。」他說：「小不點又親自出馬。想玩點小聰明是嗎？你要知道，我就料到你會到這裡來搗亂，果然不出我所料。」

「給我滾出來！」善樓說。

「什麼意思？」我說：「我乘的計程——」

「出來！」

「你少來。」我告訴他：「我——」

善樓一下把門打開，抓住我的衣領，猛力把我拉出車座，差點把我衣服撕爛。

「漢民，車錶上多少錢？」

「目前是一元一角。」

「來回的話，應該是二元二角，」善樓說，「三角小費，合起來二元五角。小不點，付這個人二元半。」

善樓張開大手，一下拍在我頭上。

「善樓，」我說，「你沒有權——」

「給他二元半！」他命令著。

我數了二元五角，交給計程車司機。

「走吧，」善樓對賀說，「看清楚，以後不要和這種人講話——他有毒。」

善樓等計程車開走，仔細看著我說道：「我應該好好揍你一頓，你就是不肯不管別人的閒事。」

善樓前後左右地在看空蕩無人的大街。

我知道他想幹什麼，我一定要說點什麼，以免被修理。

我說：「只要你肯聽我告訴你我知道些什麼，你就能對這件謀殺案順利偵破。」

「聽什麼？」

「聽我的意見。」

善樓猶豫了一、二秒鐘，說道：「好，小不點，你說吧。最好說點好聽的。等你說完，我會教你知道妨害警察公務會有什麼壞處。」

我說：「白莎和我被請來做稽瑪蓮的保鏢。稽瑪蓮是我們的客戶，請我們的人只是付錢而已。」

「這我知道。」

「白莎被下了藥。」

「老天，小不點，能不能請你說些新東西？不要把這些我已經知道的拿來炒冷飯。」

我說：「出鈔票的老闆名字叫丘家偉，是鉬鋼研究開發公司執行長，也是瑪蓮的老闆。」

「這，我也知道，也知道。」他說。

「好，給你一點你不知道的。丘家偉是打這些恐嚇電話，寄這些限時專送的人。」

「當然就是他，」善樓說，「一定是他。他出的主意，這樣這女人可以有一個不在場證明。我知道，但沒法證明。」

「有我，你就可以證明。」

「怎麼證明法？」

我說：「昨天，他離開了稽瑪蓮公寓之後，我在跟蹤他。他去過兩次電話亭打電話。我的錶是對好標準時間的。電話上有時間錄音，我把時間記在小冊子裡，兩個是完全一樣的。」

「你看不到丘家偉打的是什麼電話號碼？」

「看不到。但是我並不需要，兩次電話時間都完全符合，我都記下時間來了。白莎也在電話掛上後，立即打電話報時台錄下標準時間。」

「你在跟蹤丘家偉？」

「是的。」

「為什麼？」

「因為我早就想到這可能是一個設計好的陰謀工作。他假裝的樣子，她改變電話號碼，但是電話仍舊照來，丘家偉當然知道她的新號碼。」

「不算新聞，」善樓說，「她和丘家偉是合作工作的。我們還沒有時間好好問她，相信只要三下兩下，她就會招出來丘家偉如何和她共同設計合作這件命案。她根本不在乎這些恐嚇電話，也不在乎什麼恐嚇信。這些只是做作，用這個理由她可以請個保鏢，也就是說出錢請個不在場時間證人。」

「這一點我和你想法不同，」我說，「我——」

「我這樣想就可以了，」善樓不讓我說下去，「等一下，你說你在跟蹤這傢伙——丘家偉？」

「沒錯。」

「而後你闖上了羅德大道上我們的警車。」

「是他們盯住我的。」

「那麼，你所跟蹤的人是丘家偉囉？」善樓說：「丘家偉的車子是我們警察看到在前面的第一輛車子。他是開路去看看那一帶是否安全的，他是去把風的。」

「我不能確定。我追丟了我在追——」

「少來，少來這一套。」善樓說：「你是在跟這輛車，你是老手，跟不掉的。算了，小不點，你亂扯為的是怕修理。到目前為止，對我有用的你啥也沒有講。不過，假如你記下來的時間，和電話錄音確是吻合的話，對我會有點幫助。來，進來。」

「要去哪裡？」我問。

「猜猜看。」

「丘家偉？」

善樓笑笑。

他把車門打開，用力把我一推，又把我擠過去，自己坐我邊上，一下把門關上，對司機說：「走。」

第十三章　數字密碼

善樓在警車裡用無線電和總局通話，經過總機查出了丘家偉的地址。

他的住家在市區最高級的住宅區，他的房子也是設計好的現代生活享受的最高級品。很多可以開啟的大玻璃窗，每一寸地方都可以利用，而且十分方便。

房子裡還亮著燈。

善樓說：「來吧，小不點。這次看你的，要是我灰頭土臉出來，你不要想有好日子過。」

我們走上階梯，按門鈴。

來開門的女人三十出頭，非常非常漂亮。她有大眼睛、酒窩、厚唇、長睫毛和美麗的唇型。

她穿著家居的衣服，黑絲絨的鬥牛士長褲襯托出她的曲線，金色閃閃的寬大上衣，繫個腰帶。金色高跟拖鞋、長而華麗的耳環，頭一動就刷在她頸項上。

「什麼事？」她問。把門全部打開，自己站在門口，做好姿勢，非常自信。

善樓說：「是警察，夫人。我們要和丘家偉談談，他住這裡嗎？」

「是的。」

「他在家嗎？」

「是的。」

「你是丘太太？」

她笑了，酒渦更深。

「是的。」

「讓我先告訴你一件事，」善樓把雪茄自口中用兩隻手指拿出，指向丘太太以加重他的語氣，「這樣晚了，要是有人按鈴，下次不要把門開得這樣大，自己又站得那樣出來。應該有一個門鏈，先把門鏈鎖上，把門開一條縫，問清楚、看清楚是什麼人再開門。要是有人說車子在附近拋錨了，要借打電話，就問他是什麼電話號碼，你來替他代打。你打電話的時候，要把他關在門外。」

丘太太笑著說：「你說得對，我想我不應該那麼——大膽，不應該那麼沒有警覺，對嗎。進來吧。你說你是警察？便衣警察？」

「這是我的證件，」善樓從口袋拿出他的皮夾，「宓善樓警官。這一位是賴唐諾，一個私家偵探。」

「這裡請。」她說。

她帶我們經過一個玄關，來到一個專門設計令人舒服的客廳。有大的電視、音響、舒服的沙發、一張牌桌，上面有兩副撲克牌。

丘家偉在看電視，顯然他沒聽到我們進來。

「親愛的，」丘太太說，「有兩個人來看你。」

丘家偉出乎意外地把頭轉回來，看到我，有不祥預感地把眉頭蹙起，一下站起來說：「賴，搞什麼鬼？」

善樓一步向前，拿出他有警徽的皮夾。

「警察，」他說，「我是宓善樓警官，我要和你談談。」

「要談就談吧，」丘激動地說，「什麼事不能等到明天？」

「是不能等。」

「好吧，什麼事？」

善樓有意地看看丘太太，咳了一聲。

「儘管講，」丘說，「我對太太沒有祕密。」

「這是一件私人的事，」善樓說，「我們認為也許——」

「不必這樣想，」丘家偉說，「越早講完越好，我正在看一個很好的電視節目。」

據我看，不論你在辦什麼案子，我都沒有什麼可以幫你忙的地方。」

「好，我告訴過你這是比較私人方面的談話。你一定要嘴硬，在夫人前面說沒有關係，我要真說了你別後悔。」

丘家偉說：「我叫你說，你但說無妨。」

「好，你請這位賴唐諾先生和柯白莎太太，去保護你辦公室的一位稽瑪蓮小姐，是嗎？」

「有什麼不對？」

「你告訴他們，你要保護她，請他們做保鏢？」

「是的。」

丘太太笑笑，給善樓一個大酒窩。「這些我全知道，警官。」她說。

善樓看起來相當意外。

「好，」善樓說，「我繼續來說，這個女孩有收到恐嚇信，和恐嚇電話。」

「這些都是大家知道的。」丘說，「你知，我知，何必浪費時間。你到底為什麼來這裡？說明白了可以早點走。」

「你告訴柯太太和這位賴唐諾，你要自己付他們錢？」

「自然，沒錯，」丘說，「我早晚會叫公司付賬的，但是我要選一個合宜的時間，用合宜的方法叫公司出這筆錢。免得有人誤會我為了喜歡的祕書，花費公款。每次我走過會計部門都給僱員指指點點。」

「告訴你，警官，我是一個婚姻非常成功的男人。我的事業也非常成功，我應該幫助一點別的有困難的人，尤其是替我工作的人。」

善樓看看我，樣子相當狼狽。

我說：「電話號換過好多次，每次稽小姐換上一個新號碼但是不見得有用，電話還是照來。」

「沒有錯，」丘說，「老實告訴你，賴。我不喜歡你這種接受了一個私人委託，但是跑到警方去嘰哩咕嚕的人。」

「我當初請你是叫你去找出什麼人在搗鬼，把這件事私下解決。你們的公司一點用處也沒有，稽小姐認為你們什麼用處也沒有。你們兩個強迫她過金魚一樣的生活。是她要我開除你們，所以我開除你們。」

「好，我也老實告訴你，我並沒有跑去找警方，是警方跑來找我。」

「你再怎樣說，也沒有用，」丘說，「他們怎麼會知道這件小事，而跑來找你？明明是你去告訴他們的。」

善樓說：「他沒騙你，他說的是實話，是我們跑去找他的。」

「為什麼呢？為什麼警察要去找他呢？」

「讓他來告訴你，」善樓說，「繼續吧，小不點，現在起交給你，由你發言。」

我說：「還是由我來從頭開始。丘先生，昨天晚上你大概九點二十五分離開瑪蓮的公寓是嗎？」

「大概如此。我沒有注意時間。我和瑪蓮閒談，也和在那裡的柯白莎談談，給柯太太一點指示，也給瑪蓮打點氣。」

「然後，」我說，「你開車去一個雞尾酒酒吧，和一個朋友聊天，喝點酒是嗎？」

「只喝了一杯酒，」他說，「這樣看來，原來是你。」

「什麼是我？」

「想跟蹤我的人。」

「沒錯。然後你去一個電話亭，你打一個電話在十點零七分掛斷。你又去另外一個電話亭，又打一個電話，在十點十分掛斷。這兩通電話都是打給稽瑪蓮新換的電話號碼。你每次聽到她接聽電話就什麼也不說，重重呼吸。」

丘家偉把頭向後大聲笑起來。

「想否認？」我問。

「老天！」他說，「我為什麼要否認？我是在試試我的新服務單位。你買一個錄音機，你試它性能。你裝了新電話，要請朋友打一個過來試一下。我請了一個新的偵探社，我覺得應該試一試你們應對的方法。」

「你現在說的是不是其他的電話，和限時專送都不是你的傑作？」

「我也送了最後兩封限時專送，」他說，「我親自把字從報紙上剪下，貼在紙上。目的當然也是拿來試試你們工作的能力。我照信封上那種鉛字自己做的戳子。結果發現你們兩位偵探毫無特點可言。當然，我承認連『我』你也不放過，居然跟蹤一下，確是很好的工作。我想你是要看看這件事是不是自己人幹的，是嗎？」

「是的。」

「所以囉，我也是測試你。我想我們兩個人都太多疑了，彼此互不相信。」

「之後，」我說，「你直駛羅德大道，你本要轉進七六二號去的，你見到了改變意見的東西。你一下開過去、轉變，用了很多的戰術要甩掉後面跟蹤的車子。」

他看看我，滿臉驚奇。

「羅德大道七六二號？你說什麼呀？」

「那是你打完電話本來要去的地方。」

「好吧，告訴你，」他說，「打完第二個電話，我想到不少事。我一直感到有車子在跟蹤我，我駛上大道，為的是確定後面有車子跟著，最後我看到了跟我的車子。我把車開進一大堆車裡去，一輛輛車我都超過他們，直到看到一輛車和我的車一樣的。我超過那輛車，立即突然右轉，連信號燈也沒有打，煞車也沒有用。開溜。」

「之後，你又如何呢？」我問。

「之後，」他說，「我沿了那一地方轉，看看有沒有車開過來。我自己在想，是不是恐嚇瑪蓮的人，向我發動了？那我就要給他好看。」

「就是你一個人，想對抗一群不知數目的人？」

「沒錯，」他說，「我身邊是帶著『傢伙』的。」

「有執照嗎？」善樓說。

「當然，」丘家偉說，「在我這種職業裡，我有時要帶大量的現鈔，警察局太喜歡給我一張執照了。他們發現我很會用槍，所以警官把槍照給我的時候，告訴我他希望有人來搶我，由我代替警察去除一個都市敗類呢。」

善樓問：「你認識一個叫談珍妮的嗎？」

「談珍妮，談珍妮。」丘說，「我一定聽到過，但是在哪裡聽到的呢？」

「我認識她。」丘太太說。

「你認識她！」善樓叫出來說。

「怎麼啦，當然我認識她。家偉，看你，我想你也見過她。有一晚我在酒廊給你介紹過。」

「丘太太，你認識她多久啦？」善樓問丘太太。

「很久了，她是個老朋友，」丘太太說，「我結婚前，她和我在同一辦公室工作。我們兩個同時想到好萊塢碰碰運氣。我們兩個把錢湊在一起，乘巴士來這裡。」

「之後呢？」善樓問。

「我們到了這裡，兩個住在一起一段時間。然後我發現光靠臉蛋和曲線打不開好萊塢的門。成功的人都有與人不同的人格、個性。所以我決定找一個工作做，這就使我遇到了家偉。我們認識了三、四個月就結婚了。」

「這一段時間，你和你現在的先生，沒有和珍妮一起湊兩對，四個人一起出去玩過？」

「老天，沒有。珍妮她——她是個好女孩，但她和別人有點不同。她——老實說我不想說什麼小氣的話，但是不說小氣話又無法表達我要說的意思。好在她不是家偉會喜歡的那一個類型。我想談珍妮出現的地方，家偉一定會不太自然的。」

「你最後一次，什麼時候見到她的？」善樓問。

「怎麼啦？她和這一些又有什麼關係呢？」

「她住在羅德大道。」善樓說。

「沒錯，她是住那裡，」丘太太說，「我記起來了，這是她的新地址。她也住了不少時候了，我已經很久沒見到她了。但是她真會打電話，我們兩個時常在電話上聊天。她知道她和我丈夫不可能處得來，所以她用電話代替拜訪。」

「珍妮始終沒有做事？」善樓問。

「沒有，珍妮吃過好東西了，就不肯回頭過苦日子。珍妮和我都是很天真的，以為憑我們的面貌和曲線在好萊塢一站，立即可以出人頭地的。她試過去好萊塢的餐廳當女侍，但是發現這些星探，製片、導演，一面吃飯，一面在說找不到漂亮小姐。但是從來沒有人看看就在他們身旁站著，穿了制服的女人。除非他們咖啡杯空了，才會對著她們吼。」

「之後呢？」

「珍妮和我分手了，她做過各種不同的事。」

「應召女郎？」善樓問。

「不可能，珍妮不會。但是有過一段時間她想過把想找事做的女郎團結起來，也想過辦旅遊事業，也想到過做導遊事業，之後我們就分手了。」

「最後一次見到她，是什麼時候？」

「老天，記不起了，反正相當久了。」

「警官，」丘家偉說，「我認為你的問話已太多，而且離題太遠了。我現在覺得你在問我太太的背景和私生活了。」

「老實告訴你，」善樓說，「你的朋友昨天被人謀殺了。」

丘太太張大了眼睛，對善樓看著說：「不，喔，不。」

「正好這件事由我負責偵查，」善樓說，「這也是我來這裡主要的原因。再問一下，你最後見到珍妮是什麼時候？」

丘太太用勁握著拳頭，把拳頭壓在自己嘴唇上。

假如她是在演戲，那真是演技太好了。

「最後一次見到她？」善樓又說。

她用很弱的小聲說：「我偶然在兩、三晚之前看到她，我們還一起喝過酒。」

「那是最後一次見到她？」

「是的。」

「昨天晚上你在哪裡？」

「家裡。」

「有辦法證明嗎？」

「這要看你說晚上什麼時候，我丈夫昨天在外面回來相當遲。一個女人結婚之後，在家裡唯一能做證人的，怕只有丈夫了。」她說。

善樓問丘家偉：「你什麼時候回家的？」

「應該是十二點以後，我沒有仔細看錶。」

「你太太在哪裡？」

「在床上，睡著了。」

善樓問丘太太：「你有沒有問他哪裡去了。」

「沒有，我從來不問我先生去哪裡的。我對他的行為從不過問。」

「他經常外出或是晚歸嗎？」善樓問。

「當然，他要陪生意上的客戶。這種應酬有的時候免不了有女人，我不問是最聰明的。」

「你不在乎這些事？」

「我早就看透這一點了，婚姻也是供求的問題。生為女人，一輩子理應和別的女人在競爭。結了婚要是不能給你丈夫比別的女人多，活該要失去自己的丈夫。這和丈夫是不是喜歡在外面花，沒多大關係。

「我有的時候是不太高興，因為我先生的職業，使他必須經常暴露於這種女人很多的危險場合，但這是他謀生的條件之一，我下定決心不聞不問，即使當了我的面也可以。但是在家裡我給他最好的接待。現在，假如你認為要問我的問完了。又假如你想私下問我丈夫幾句話，我可以離開這裡，隨你。」

善樓暗暗在估計，慢慢地說：「我想，對你們兩個的問話，我都問完了。我非常抱歉這樣闖進來，但是你們知道我到底是在調查一件謀殺案。而你丈夫，請兩個私家偵探，想查出誰在威脅他祕書這件事——」

「和你在調查的案子完全沒有關係。」丘先生打斷他說。

「也許沒有關係。」善樓說。

「瑪蓮現在在哪裡？」丘先生問。

「目前我的確不能告訴你。」善樓說，「我們在傍晚問過她話，我相信再晚點還會問她話。」

「我想見見她。」丘說：「我所做的一切，我不希望到東到西地宣傳，這一點我要你特別注意。警官，我的名字要是在任何新聞媒體上出現，我會請律師查到消息來源的。再說要是我服務的公司名字在新聞上出現的話，情況可能更為嚴重——會有重大影響的，很重大影響的。警官，這一點要你負責。過幾天你會發現，我有很多有勢力的朋友。」

「目前我只是問問話。」善樓說：「你看我又沒帶任何記者，你看我是自己到你家裡來，不是叫你到我總局去。你去總局的話，可能記者會見到你問三問四，也可能有人會查到你車牌號碼。」

「現在，我想用一下你的電話，之後我要走了。」

丘太太說：「這邊請。」帶他去走道上打電話。

「這可以打外線？」他問。

「是的，直撥就可以了。」

善樓撥了一個號碼，說：「哈囉，我是宓善樓。接密碼組，我要問件事。」

等一會兒，他說：「我是善樓。你找出來了嗎？」

又一段時間靜寂，善樓說：「再唸一次，好嗎？」

善樓自口袋拿出一本小冊子，開始記下來。

房間裡，我和他夫婦尷尬地相對著，終於他說：「也許我又誤會你了，賴。我希望我能相信你，你是很小心謹慎的。」

「我們始終是小心謹慎的，」我說，「但是，事情發展到這種局勢，實在不是小心謹慎可以解決的。我們不能騙警察，而且最重要的是——任何可能是謀殺案線索的證據，法律規定我們不能隱瞞。」

丘太太說：「不論什麼人謀殺了可憐的談珍妮，我希望能好好的繩之以法。」

她轉向她丈夫：「家偉，瑪蓮去哪裡了？」

「我不知道。」他說。

「家偉，你要知道，你不必隱瞞我的。」

「我不知道，桃，親愛的。我是在告訴你實話，她沒有和我聯絡。我也希望她能和我聯絡一下，我也急著知道她在哪裡，我還要在公司裡給她安排一下，我總不能一直讓她病假請下去。」

善樓結束了他的電話，走回來說：「好了，謝謝你們。真抱歉打擾了兩位，實在是希望公事早點解決。賴，我們走吧。」

「還有什麼可以幫忙的嗎，警官？真的沒有什麼其他的要問了嗎？」丘先生問。

「也不見得。」善樓看著他，兩眼瞇瞇地說：「假如你有什麼要告訴我，我也歡迎。」

「我已經沒有了。」

「你已經都告訴我了？」

「是的。」

「你呢？」他問丘太太。

她搖搖頭。

「這樣看來，我在這裡再也得不到什麼消息了，」善樓友善地笑笑說，「謝謝你們。」

丘先生自己把我們送到大門口。「沒有不高興吧？」他問。

「當然沒有。」善樓同意。

丘先生看向我：「賴，沒有不高興？」

「沒有。」我告訴他。

我們出去，坐上警車，我對善樓說：「為什麼撤退得這樣快？」

善樓把他嘴裡濕兮兮的雪茄抛向車窗外，突然對我說：「賴，你一下把我推進蜂窩裡去了。」

「怎麼會呢？」我問。

「怎麼會！」他說，「你亂打亂闖，打中了要害。但是目前時機尚未成熟，我們不能打草驚蛇呀。」

「你認為丘家偉是兇手？」我問。

「也許是他太太，」善樓說，「老天，你還不懂呀？」

「我本來就笨。」我告訴他。

「笨過了頭。」善樓說。兩個人坐著不吭氣。

「去哪裡？」司機問。

「先送賴先生回去。」善樓說。我告訴他公司車的位置。

我們讓司機開車，兩個都在想心事。過了一下，善樓說：「小不點，我要告訴你一點事情，目的是叫你不要再在裡面亂搗。丘桃妹，是談夫人手下一員導遊的女郎。」

「你可以確定嗎？」

「當然我可以確定。我們在談夫人梳妝台抽屜裡找到了一本小冊子。上面都是一組一組數目字，我們看不懂，所以我們把它交給密碼組，密碼組對這些自造的密碼試了幾次可能性就解了出來。」

「結果如何？」

「只是電話號碼。」

「為什麼自己看不出來，非要密碼組才解得出來呢？」

善樓說：「第一，她把電話號倒寫自後向前的，然後她隨便放兩個數目在前，兩個在後。只有當中七個數字是有用的，但是每一組都是十一個字。這是密碼組第一個線索。他們又發現第七、八、九位數字，相同率很大。就如此照他們的經驗，這種密碼破解不困難。

「丘桃妹的電話號也在其上，他們報出姓名之後，我又和在用的電話對了一下，是這個號碼沒有錯。」

「丘太太有告訴過我們，她們是好朋友，談夫人常打電話給她。」

「這絕對靠得住。」善樓揶揄地說。

我說：「丘太太不致於會敢做這種事，犯不著呀。」

「是犯不著，」善樓說，「她不能被捉一次，也許她只出特別的差。」

「為什麼呢?顯然不是為了錢。」

「她不缺錢是一定的,」善樓說,「也許為了寂寞,也許為了找刺激。女人有挫折時,常常會做些奇奇怪怪的事。」

「你認為她有挫折?」

「用點腦子,」善樓說,「用你的眼睛、耳朵。丘家偉老是不在家,要招待客戶,她再大方,不在乎,但是自己先生要出錢請私家偵探,為的是漂亮的祕書,有人騷擾她……這總不太像樣吧。」

「你現在預備怎麼辦?」我問。

「我們警察要怎麼辦,」善樓說,「和你應該怎麼辦,毫無關係。」

「好,我應該怎麼辦?」我問。

「什麼也不辦。」他說。

「那計程車司機賀漢民,怎麼樣——你想,他會有錯嗎?」

「你說得對,我也考慮過這問題。」善樓說:「老實對你說,我們以前整過賀漢民兩、三次,他現在所做是表示他對我們有利。他以為我們要吃住稽瑪蓮,所以他死咬是瑪蓮沒有錯。但是我要把腦子開放一點，客觀一點。我會和賀漢民好好談一談看，看結果如何再說。」

「稽瑪蓮你看怎麼樣？」我問。

善樓說：「沒有具體的證據，目前我們可能會讓她走，盡量不使她曝光。在結案之前至少還可以利用她做煙幕。」

「我對她說什麼呢？」

「什麼也不說。」他說，過了一陣，又說：「你還繞著她轉幹什麼？你的責任結束了。別人付你錢叫你工作，現在工作完畢了。也許你以為在幫助我，但是我自己都是在薄冰上溜著，受不了你再上來亂搞。」

「我並沒有想幫你忙，我還在做我們受僱要做的工作。」

「人家已經開除你了。」

「我們收的錢是兩天的，」我說，「開除不開除是另外一回事，在明天九點前，我的時間都是她的。」

「好，隨便你，只要不把自己混進去，或是老在我眼前晃來晃去就好。再說，就是照你的說法，你能管的時間也不多了。」

我說：「好，這是你的案子，但是裡面的一切我不滿意。」

「你滿意不滿意有什麼用，」善樓說，「我只是告訴你，一切不要你管。」

司機把車慢下來，我找到公司車停在路旁的地方。

善樓在我下車的時候說：「小不點，把嘴巴閉緊一點，小心我撕爛你的嘴。」

第十四章　敲詐

我等警車轉過街角，才發動引擎，開車來到聖塔安納。

季貝可的家才可以算是真正的大房子，好幾輛車停在門外。

我按鈴。

一個女傭來開門。

「我很抱歉這時候要來打擾你們女主人，」我說，「但是，我有十分重要的事，一定要見季貝可夫人。」

「你是什麼人？」

我說：「說出名字來她也不認識。不過你可以告訴她，我見她是為了她和她丈夫準備一起去度假的事。她會知道的。」

女傭說：「請你等一下。」她關上門，自己走進去，讓我在門外等。

一會兒之後，大門又打開，這次出來的是一個粗眉大眼的男士。

「有什麼事？」他冷冷地說。

「請問你是誰？」我問。

「我是季家的朋友，我在問你是什麼人？」

我說：「我有件事要對季太太說。」

「你應該知道，她目前不可能見客。」男人說。

「我覺得她最好能見見我。你告訴她，我要見她為的是她和她先生準備去度的假期。見了我，她可以省去不少錢，不少宣傳和不必要的麻煩。」

「把姓名告訴我。」他說。

我說：「你們能保密我就告訴你。」

「我不能做任何保證。」

我說：「你是季家的朋友？」

「是的。」

我給他一張我的名片。「我的名字叫賴唐諾，我是個私家偵探。我來這裡並沒有代表別人。我的確想幫助季太太，絕對不會對她有不利。但是除非能立即見我，否則一切都會太遲了。」

「什麼東西會太遲了？」

「再來解毒就太遲了。」

「解什麼毒？」

「她被逼吞服的毒。」

「我不懂。你在兜圈子。」

「圈子都是因為有個圓心才兜得起來。越兜越大，越兜大越危險。」

「你進來，我們聊聊。」他邀請道。

他引我進入寧靜的大屋子，到了一間起居室。「這裡坐。」他說。

他自己離開房間，去了兩分鐘。

「跟我來。」

他帶路，來到樓上，進了一間休息室，有大的沙發、一張辦公桌、電話，和一扇顯然是通向臥室的門。

「賴先生，請坐。」他說。

過不多久，通臥室的門一開，出來一個漂亮嚴肅的女人。

她穿了家居服和拖鞋，臉上什麼表情也沒有，像是石膏像一樣。

男人說：「我是利南門，季家的朋友。這位是季太太。剛才你兜了太多圈子，希望你能直話直說，而且要簡短。」

「我希望能單獨見季太太。」

「這是不可能的，」他說，「任何你要對她說的，都可以在我面前說。也許你不知道，我是季貝可的遺囑執行人。」

我看向季太太。

「你已經開始付勒索錢了沒有？」我問。

她的臉仍舊保持沒有表情。

利南門說：「等一下，我就是怕你會來這一手犧牲打。你是在替你的偵探社拉生意。我現在一勞永逸的告訴你，你運氣不好。我也真抱歉，把你話當真，反而驚動了季太太。」

我說：「假如她還沒有開始付，我看她馬上就要開始付了。除非她能先做些事預防。」

「像什麼事？」他問。

「把實話說出來，」我說，「再不然把真相隱藏起來，永遠不被別人發現。」

「你所說的實話和真相是什麼？」

我說：「度假這種說法是真正、完全、絕對沒有人會相信的。人要去度假，汽車中會裝很多箱子，高爾夫桿、釣魚桿，或任何他們喜歡的東西。他們會一早出發，開——」

「這一次假期不同，」他說，「季貝可是一個忙人。他留在這裡直到股票收市，他又要交代很多事情，所以天黑前無法成行。」

我說：「好，假如你要堅持這種說法，那也沒有辦法。但是，早點晚點你們要付勒索錢給別人。

「季貝可自己放自己一個黃昏的假。他是和一個女人在一個汽車旅館中，他心臟病發作死了，女的逃出去，但是還來得及用電話通知家裡，發生了什麼事。

「你們幾個緊急開了一個會，你決定季家不作興發生這種醜聞。尤其你們在聖塔安納根深蒂固，有社會地位，有合作的事業。

「所以你們幾個自稱是季家朋友的，尤其是你利先生，緊急地把季太太弄進汽車旅館去，第三天一早報告先生死亡的消息。」

利南門自椅子站起來說道：「你這小子造出這種骯髒的謠言來，我可以打爛你的臉，摔你出去。」

季太太第一次開口道：「南門，等一下。」

她轉向我，「你怎麼會想出這種事來的？」她說。

「因為，」我告訴她，「我相信你丈夫認識一個被稱為談珍妮夫人的女人。談夫人在洛杉磯開一個導遊社，專門供應外地商人漂亮小姐，陪他們觀光。

「告訴你比較好，談珍妮在晚上十時到今晨三時之間，被人謀殺了。假如你已經開始付勒索錢，那就永無止境了。有人想敲詐你，你只有一條路走。」

利先生說：「什麼路？」

「把搞敲詐的人釘在十字架上。」我說。

「怎麼釘法呢？」

「有好幾種方法。」

利南門說：「除了找警察之外，我幾乎想不到別的方法。」

「也許你想不到。」我說：「我有辦法。」

「我怎麼能分辨，你不是那個想敲詐或是已開始敲詐的人呢？」

「敲詐的人會自動公開出面，給你名片，用自己名譽和私家偵探執照來冒險嗎？」

「你來這裡幹什麼？」

「因為我主持正義，我想幫助別人，而且我知道唯一能使一個無辜的人不受謀殺罪誣陷的，是要你們的合作。」

「你要我們給你合作，我們得到什麼?你用什麼還我們。」

「我的幫助。」

「多籠統呀。」他說。

「但是，我也沒有可以保證的好處給你們。」

我站起來，好像要離開。

利南門和季太太交換了一下眼神。「你坐下。」利南門說。用的是他一向發號施令的口氣，好像我一定要服從的。

我坐下來。

利南門說：「你在這裡等。」

他對季太太點點頭，兩個人起身經過那扇門進入臥室。他們離開了十分鐘，回來的時候，利先生說：「我花了不少時間盤你的底，警方說你很誠實，不過做起事來很大膽，不按牌理出牌。警察說，你過一段時間就會骨頭癢，自己跳進沸水裡去一次。」

我說：「你的關係很夠嘛。」

「我也這樣想。」利說。

他看看季太太。

她說：「賴先生，我準備什麼都告訴你，相信你。我這樣做是根據你剛才給我的印象，自己做的決定……也可以叫女人的直覺。」

我只是點點頭。

「老實說，利先生是不贊成我這樣做的，他說應該再等等看有什麼變化。我的直覺，你是誠實公平的，你的動機我不太清楚，不過我相信你不會這樣闖進來看我，最後證明是來害我的。」

我說：「我希望知道一點事實。」

「好，」她說，「我就把事實說給你聽。」

「我先生和我有兩個孩子。男的十九，女的十七。由於我丈夫在這裡的權勢，他們也有點社交地位，萬一有什麼醜聞影響兩個孩子，就不太好了。尤其是女兒，她才跨入對她十分重要的人生過程，是我最不願傷害的。

「我老早就知道我先生有的時候在外面花一花，這可以說是大部分男人的通病。他有的時候出差，我知道他另有安排。

「這並不表示他不愛我，或不愛這個家庭，只是表示他身強力壯，和別的男人一樣逢場作戲。

「這樣說法也許過直一點，尤其在人才死之後的批評他。不過這是事實，他愛我，他愛我們這個家。但是一旦有女人為了某種理由送上來，為了滿足他的自大欲，他也不會拒絕。他是個正常男人。」

我又點點頭。

「四號晚上。」她說：「十一點十五分，我接到一個電話。對方是女人。聲音很好聽，也不急，也不啞，現在說來，可以說是十分有訓練的。

「她先問我是不是季太太，我說是的。她說：『請你仔細聽，因為我不會說第二遍。我現在在聖大芒尼加的天堂汽車旅館。我和你先生一起來的，我們半小時之前才進來。奇怪的是你先生用的是他的真實名字。我想可能是管理員一定要看駕照，和汽車號相對的關係。我們喝了點酒，上床，你先生心臟病發作，已經死了。我聽過心跳，摸過脈搏，的確是死了，為了保護我自己，我要溜了。我告訴你使你可以為了你家庭，隨便你怎麼辦。我知道他的氣派背後一定有不少社會地位。你怎麼保護都可以，反正我不說話就是。汽車旅館是十四號房子，我會把門鎖起，鑰匙在門口門墊下。你想做什麼要快一點，萬一驚動警方，對你我都只有缺點。』就這樣那女人把電話掛了。」

「你怎麼辦？」我說。

她說：「我用電話找到利南門，我把消息都告訴他。他說第一要調查這消息的真實性。萬一確有其事，人反正是死了，要以他的聲譽和家屬的聲譽為第一優先。

「所以我們整理了幾個箱子，好像出去度假。南門把我帶到那汽車旅館，我在門口地毯下找到鑰匙，我們進去。我先生裸體在床上，死了。」

「請說下去。」我說。

「我瞭解我自己的身分，我不但是一個妻子，而且也是媽媽。我坐到天濛濛亮，穿上睡衣，驚慌地換上睡衣和晨袍，請汽車旅館給我找醫生。

「經理過來查看是什麼事，還好他相信了我的話。顯然我丈夫是唯一進辦公室去登記的人。既然用的是真姓名，他就沒有仔細看車上是誰。

「我告訴他我們準備去度假，我們晚上走，免得明天一早有人打擾，瑣事是永遠處理不完的。我又告訴他們，我有點神經緊張，臨睡前吃了安眠藥，到天亮才醒。

「我們還是找了一個醫生來，他必須找驗屍官來，他們一起聽了我的陳述，又看了病人，決定不必再問問題，病人確是死於心臟病發作的。

「我回家扮我自己的角色。昨天我接到一個女人神秘的電話，我不知道她是誰，但絕不是通知我丈夫消息的同一個人。前一個女人聲音好聽，有低的喉音。昨天早上的女人說話快，談生意的味道，聲音尖，有點毛。

「她說：『我抱歉這樣做，但是我也是沒有辦法。我急需五百元現鈔。我知道你先生死亡的真相，我知道那個女孩的名字，如果你不能在下午兩點鐘前把錢給我，我會把消息賣給報館，我相信至少可以多拿一倍錢。記者對這一類醜聞消息特別敏感，我相信這個新聞可以炒好幾天。』

「那女人要我聽仔細，她說不要再重複。她要我拿個信封放五百元在裡面，開到一個指定的十字路口，左轉彎，向前十分之三英里，會見到一個柑橘園，路旁有個郵箱。她要我把信封放在郵箱上面，一直開車下去，不准回頭。

「她說她只要五百元急用，五百元是她的目標，今後再也不會打擾我，她絕對代我保密。然後她掛斷了。」

「你拿了五百元，照她的方法辦了。」

「是的。」

「你沒有試著去找這個女人是誰？或是她什麼時候去取的款？」

「沒有，她警告我了，試著做這種事只會使事情弄到大家知道，兩敗俱傷。她指出一件正確的事，她一旦被捉，這件事就大家都知道了。」

季太太目光自我這裡看向利南門，好像希望利南門讚許她已把所有情況解釋清楚了。利南門眼光集中在地毯上深思。

「好，那是他們的第一次收款。」我說。

「你認為還會來？」

「當然，第一次是把你軟化而已，可能會維持五百元一段時間，然後突然加多。他們會說要湊點本錢做生意，今後再也不做敲詐的生意。他們會要筆相當大的款子。之後當然生意失敗。一來再來。付敲詐等於是自殺，他們不會自動停止的。」

「我也想到事情會是這樣的，」季太太說，「但是我相信時間久了，變化大了，也許這個女人不幹這一套了，或是時間太久了，證明起來有困難了。」

「另外一件事，你先生有很多商業投資？」

「很多。」

「是個資本家？」

「是的。」

「有沒有鉬鋼研究開發公司的股票？」

利南門回答這個問題：「這個公司他有控制數目的股票。據我知道，這個公司正在鬧委託投票權的問題。你知道些什麼？」

「不多。」我說：「他對房地產有沒有興趣？投資新社區？」

「很多。」南門說。

「你認識一位叫狄喬獅的嗎？」

利南門想了很久，搖搖頭。

「一位丘家偉？」

「從來沒聽過。」

我站起來說：「謝謝你們對我的信心。你們給了我那麼多消息，我要盡量使你們不會後悔。」

「但是，我怎麼辦？」她問：「假如再來要錢怎麼辦？」

我說：「和我聯絡，這裡有我名片，找我一個人，不要和辦公室其他人講這件事。」

「你有沒有和汽車旅館的經理講話？」我問。

她搖搖頭，「我盡可能離他遠遠的。他相信我是和季貝可一起去的女人。我盡量少見他為妙，哪能和他多話。」

「好。」我說：「我保證盡我一切能力幫助你。」

「你要多少錢？」利南門說：「像目前這局勢，通常你們如何計價？」

「目前不要。」我告訴他：「目前我是單獨行動。我對這案子的興趣，單純是為了另一位客戶的利益。」

「我們和你那位客戶會不會有利害衝突？」利南門說：「我們也請你代表我們，做你的客戶，有顧慮嗎？」

「沒有利害衝突，」我告訴他，「那個客戶已經開除我了。但是我不想這樣闖來看你們，最後還是變成了兜生意了。我辦這件案子算是自己的興趣，滿足自己的好奇心。希望你們也能不介意我的立場。」

「假如你需要花點錢，」他說：「可以——」

「萬一需要鈔票，我會告訴你們的。」我告訴他們：「目前我自己掏腰包。」

第十五章　嫌疑犯

我開車回自己的公寓。把車停妥，一輛警車在等候。

一位警官下車走過來。

「賴先生？」他問。

「是的。」

「宓警官要見你。」

「我已經見過他了。」

「他又要再見你。」

「我自己還有事要做，再說——」

「不要熄火，跟我們走就行了。」

在車裡的警官發動警車，和我說話的警官用無線電通知總局，賴唐諾馬上跟他們來。

「跟我們走，不要搞什麼鬼。」警官告訴我。

我就跟在他們後面。

我們向羅德大道方向開去，走了一半以上，另外一輛警車自後面跟上，前面坐了兩個警官，後座坐著宓善樓。

他們搖手指示我靠邊。

善樓從車中出來，坐到我的旁邊。

「走，」他說，「跟前面的警車。」

「什麼大事？」我問。

「你這渾蛋主意，硬叫我相信丘家偉和這件事有關係。」

「是我的主意嗎？」

「不是你的主意是誰的主意？臭得要命。」

「丘家偉是一位警察界有實權老前輩的好朋友，我給刮鬍子刮慘了，說我跑去問的都是別人隱私的問題，又說我公務調查的時候帶了一個不相干的你一起去。」

「我們現在要做什麼？」

「你小子現在什麼也不做，」善樓說，「我現在要做點事。」

「做什麼事？」

善樓說：「我們又和那計程車司機談了一下，很多事他以前想隱瞞的都說了出來。」

「他說是又想起來了？」我問。

「他想起來的，你不會喜歡的。」善樓說：「他看到你的公司車停在那裡。他看見你給稽瑪蓮打手勢。他認為是你接了她，帶她回公寓的。」

「他瘋啦？」我說：「有沒有說，他為什麼沒等下去？」

「等什麼？」

「等瑪蓮——或是他的乘客——不管她是誰。」

「那是因為她把他放走了的。我承認我不欣賞那傢伙，他不肯一次什麼都說出來，我最不喜歡這種人。不過他現在服貼了。他說談珍妮喜歡用這個方法處理計程車，她不要門口車太多。他知道叫他去街角等是為了什麼。他第一次指認瑪蓮後假裝什麼都不懂。那傢伙現在說實話了。」

「第二回合，是嗎？」

「你注意開車，」善樓說，「由我來想。」

我們兩個靜默了一陣子，善樓說：「你告訴我，你一下開進一個私人車道，躲了一下，又溜出來想回家，但是碰到了巡邏車？」

「是的。」

「你躲在哪裡？」

「第一次是在一個私人車道，我不能給你地址，但是開到附近我可以指給你看。」

「我們會開到的。」善樓說。過了一陣，他問：「有人見到你嗎？」

「我進去的私人車道離房子很近，一個男人出來問我幹什麼。我假裝我在找人。他有點起疑，所以我退出來，停在街口。」

「離開羅德大道那地址——談夫人家，有多遠？」

「大概六條街口。」

「那地方看不到談夫人的家？」

「老天，絕對看不到。」

「這裡轉彎。」善樓說。

我們轉入羅德大道。

「找找看，你把車停在哪裡躲起來的。」善樓說。

我把車右轉，離開羅德大道，把車轉回頭說道：「我不能太確定。當時天太暗，應該在這附近。大概是——這裡！就是這條大車道。」

「這是你被趕出來的地方？」

「是的。」

「趕出來之後你去哪裡了？」

「我看看，」我說，「我向前開了半條街——」

「好，你就向前開。」

我向前開了半條街，說道：「大概我就是停在這裡。」

「向前開。」善樓說。

我再向前又快到羅德大道。

「右轉。」善樓說。

我右轉，到了羅德大道上。

「進這條巷子。」

我進這條巷子。

「在這裡迴轉，面向羅德大道，但是不超過大道口。」

我照他指示做。

「把燈關掉，把引擎熄火。」善樓說。

我們兩個坐在暗處，不開口。

善樓開門出去，一面關照我：「留在這裡，不叫你離開不要離開。」

善樓沿羅德大道走下去，來到七六二號凶宅。我從停車的地方可以看得很清楚，他走到警車前和車裡人說話，兩個人一起開車走了。

一輛計程車過來，開得很慢，沿了方塊在兜，又經過我前面。

第二次沿了方塊兜的時候，宓善樓在車裡，計程車在巷口停了下來。善樓自車中出來。計程司機讓車燈開著，引擎不熄火，自車中出來，跟在善樓後面。兩個人走到我車前。

「這輛車嗎？」善樓問。

計程司機鎮靜、傲慢地仔細看向我的車。我也看看他，是賀漢民。

「車子廠牌，車子年份都沒錯，」他說，「連裡面坐的人，我也可確定沒有錯。」

「等一下，」我說，「你亂講什麼，我——」

「閉嘴！」善樓說，「這裡由我說話。」

他轉向計程車司機：「那晚上的事，再說一下。」

司機說：「她離開車子，走向前門。她沒有按門鈴——我至少沒看見她按門鈴。她猶豫一下……退下來，繞到屋子後面去。」

「之後呢？」

「我看到她的影子在側門上。側門打開了，我看到燈光下她透明的影子。」

「她進去了嗎？」

「她進去了。」

「之後呢？」

「她告訴過我開下去一條街，在街口等。」

「你去了嗎？」

「是的。」

「等了多久？」

「她只要我等十分鐘。」

「你等了？」

「足足等了十五分鐘以上。」

「但是沒有等到她，你開走了。為什麼？」

「她走到我邊上來，告訴我不再要車了，付了我車錢，我當然走了。」

「你知道她怎麼回去的嗎？」

「這輛車的司機，接了她，送她回去的。我見到他向她做信號的。」

「什麼信號？」

「擦根火柴或是打火機。」

「多少次？」

「我沒有計數，不是四次就是五次。」

「之後呢？」

「我沒有開走之前，看到她進他的車。」

「之後呢？」

「他們開走了。」

「但是前次也是你說的，你沒有拿到車錢，你不想再等了。」

「我對你說過了，警官，談夫人這裡對計程車司機是搖錢樹。我在這個站，賺了不少錢。那女人是常客之一。我以前不知道出了謀殺案，我當然要罩著他們一點。」

我說：「就像你現在要自己罩自己了。」

「閉嘴。」善樓對我說。

「這個人是極像的，這輛車和年份是絕絕對對沒有錯的——我也的確看清楚火柴或打火機是信號。我也的確知道她是跟他走了的。」

我說：「善樓，我並沒有把車停在這裡，我並沒有打什麼信號，我也沒有接走稽瑪蓮或任何人。不過我是見過一輛和這輛車同廠同年份的車，還見過一輛計程車。」

善樓可能沒有聽到我。

「仔細看看這個人。」善樓對計程車司機說。

「我看過了，他就是不久前向我問話的人。」

「你確認這個人是開車帶她走的人？」

「這樣說好了，我不能在宣誓後說他是那個人，但是我可宣誓後說車是這輛車相同廠牌，相同年份的。」

「好了，」善樓說，「你可以走了。」

善樓爬進我的車，坐我邊上。「好了，小不點，」他說，「回你公寓去，一路上你可以好好解釋一下。」

我說：「那司機真瘋了。」

「我知道。」善樓說。

「再說，這種指認方法，你是違規的，」我說，「你要指認，你把嫌犯放在一行差不多的人當中，讓——」

「多謝，多謝，」善樓說，「我總是很喜歡請你們外行人來教導我們怎樣做警察業務。

「小不點，我想幫你一個忙。我不知道為了什麼，反正你在保護這個女人。我不說是她殺了人，我也不說是你殺了人。我可以確定她告訴了你，她和談珍妮之間纏不清的關係。你告訴她有個什麼辦法可以保護她自己。你跑到這裡來，執行你告訴她的辦法。她把白莎弄睡著後乘計程車趕來。她繞房子看看一切無問題後，把計程車遣回，給你打信號。你給她做信號，然後你們兩個一起去做你設計的辦法，告訴我你們去做什麼了？」

我說：「善樓，你完全想左了。」

「我老實給你說，這件事現在你已經脫不了身。小不點，你別糊塗，這是謀殺案。我不相信你殺人了。但是你知道的比說出來的要多。女的告訴你和談夫人的關係，你告訴她怎麼可以脫身，可以不使丘家偉知道。你們的方法在執行的時候發生意外，談夫人死了。

「我說過我不認為你是兇手——至少現在還沒有。

「我也說過，稽瑪蓮去查看了現場，然後你和稽瑪蓮一起去執行一件工作。我要知道你們本來想做什麼工作？結果怎麼樣？」

「我告訴過你，你完全想左了。我根本沒有在那裡停車。」

「賀漢民，那計程車司機說得清清楚楚，你自己聽到的。」

「我是聽到了。」我說。

「但是你還是對我說，是丘家偉因為什麼理由要稽瑪蓮離開這個城市，所以弄出恐嚇電話和恐嚇信來，這一套。」

我說：「你也瘋了，只因為計程車司機告訴了你，你想要聽的，於是你就相信了他。市區裡像這樣的車子，至少有一萬輛。一個計程車司機在巷口經過，怎麼可能記住什麼車停在巷子裡，車上又是什麼人在裡面？這簡直是瘋話。我告訴你實話，你又因為丘家偉認識什麼有勢力的人，不敢查下去。不過你千萬不可找我來頂罪。」

「我從來不會查不清案子弄個人頂罪，」善樓說，「我是在清查這件案子。但是我也不會為了認識你，有點私交，而放你過門。我太瞭解你了。你聰明，動作快，鬼點子多，邪門得厲害。老實說，我總覺得你，早點晚點會在什麼地方牽進謀殺案去的。你要瞭解，這一次我是想給你脫罪，所以在給你機會先回答我的問題。」

「我本來就沒有罪。」

「好了，你表示很清楚了，你不必後悔，也不要說我沒給你機會。賴，假如你現在說實話，我保證我支持你到底，盡一切使你脫罪。」

「我已經告訴你實話了，你支持我到底吧。」

善樓說：「好吧，你一定要吃罰酒也沒辦法。我明天還要問你話，你不要想離開本市。目前你是嫌疑犯，把車靠邊。」

善樓招呼一直跟我們來的警車，走過去，進了車子。警車一下經過我，很快離開了視線。

據我仔細觀察，他們已經丟下我，沒人在跟蹤了。在天亮前我還有很多事要做，但是時間不多了。

第十六章　天堂汽車旅館

天堂汽車旅館是在去聖大芒尼加的路上。

晚上這個時候，公路上車輛極少。那汽車旅館有一塊大招牌，下面一個小牌子表示尚有空位。

我把車停下，走兩級木製階梯，登上辦公室。

我按晚上服務鈴。

二十秒鐘，三十秒鐘，沒有反應。

我又按鈴。

辦公室內電燈亮起，一個男人睡態地說：「來了。」

過一會我看到裡面移動的影子。一個男人一面拉上褲子拉鏈，一面披上一件外套，站到門口亮處來。

「有單人的嗎？」我問。

「還有一間。」他說。

「多少錢？」

「六元。」

我給他六元，他給我一張登記卡，我填起來簽上名。

「車子牌照號多少？」他問。

「喔，隨便寫什麼都可以。」我說。

「不行，」他說，「我一定要牌照號。前幾晚我們這裡就出了點事，幸好我總是登記牌照號碼。」

我說：「我一時忘了。你等一下，我去看看。」

「我跟你去看，我反正要對的。」他說。

他跟我出去，把公司車車號記了下來。

我說：「出了點什麼事？」

「喔，沒什麼大不了。」他說。

我說：「你一定是說那個男人，在這裡心臟病發作。」

「你怎麼會知道？」

我說：「我正在調查這件事呀。」

「我以為你是來住店的。」他冷冷地說。

「我是要住店，」我告訴他，「所以我選了這裡，我錢也給過了，你也把鑰匙給我了，住店的手續是完成了。我只想問你一、兩件事。」

「朋友，我知道的都說過了。」

「我知道，我要你再說一次。」

「你是什麼人？」

我打開我的皮包，把我的職別證給他看。「我是個偵探。」我告訴他。

「好，好，你要知道什麼？」他說。

我說：「告訴我發生的一切。」

「也沒有什麼好說的，」他說，「那傢伙開車進來，登記——」

「大概幾點鐘？」

「我不知道。大概九點鐘——也許九點半。」

「好，他登記，怎麼登記法？」

「當然用他名字，他是個名人，季貝可夫婦。」

「他開的車怎樣？」

「他開一輛凱迪拉克。我走出去看過車號，我一定要看的。」

「見到那女人了？」

「隱隱約約，事實上等於沒見到，只是車裡有個人而已。我這地方很正經，但我也不喜歡探人隱私，不能每來一對男女，你都要看他們的結婚證書。」

「什麼時候開始知道出了事了？」

「一大早，太太召我的時候。」

「什麼時候？」

「快七點了。」

「怎麼樣？」

「她完全恐慌了，要一個醫生，說她先生病了，又說她睡著時他死了，說她醒來時見她先生躺在那裡死了。」

「你怎麼辦？」

「我走過去看一下，一看就知道那傢伙死透了。醫生囑咐我們要找法醫驗屍，再通知殯儀館。我當然儘快去做，這一類的事，對汽車旅館總是越少人知道越好。」

「還有什麼？」我問。

「沒有了。」他說。

「那是四號晚上？」

「是的，他是四號晚上死的，五號早上叫我的。」

「租出了最後一個房間，你自己也睡了？」

「之前我就睡了。這裡不一定會客滿，我十點半就睡。當然睜了一隻眼睡。」

「那一個晚上還有什麼不尋常的事發生嗎？」我問：「有沒有別的奇怪的事發生？」

「沒有，為什麼？」

「我只是問問，」我說，「有沒有計程車來？有沒有什麼人乘計程車來。」

他好奇地看著我問：「你為什麼問這個問題？」

「因為我想到有這個可能。」

他說：「你問這個問題問得很怪。」

「為什麼？」

「因為，」他說，「我——我說過，我睡覺總是睜著一隻眼的，至少前半夜一定是睜著一隻眼的，後半夜，也許才真正睡著了。」

「那一晚，怎麼樣？」我問。

「我也是睜了一隻眼，似睡非睡，」他說，「一輛車開進來，我睏得要命，等他按鈴，但是沒有人按鈴。我回頭又睡，突然驚醒，心裡想著為什麼沒人按鈴，但是又睡了過去，也許真睏了，其實我知道睡著也不過二十秒鐘，三十秒鐘，心裡老掛念。」

「說下去，怎麼啦？」

「這是奇怪的事——沒有事發生。又過了四、五分鐘，我就完全清醒了。這不是一件小事，汽車開進汽車旅館，但是不來按辦公室的鈴。我在睡前查看過，每一個租出去的房子，都有車停在前面。所以我起床，要查個究竟。就在這時候，那輛車子出來了。我想就是那輛剛進去的車子，是輛計程車。」

「沒有停車？」

「沒有，快速通過，無意停車。」

「你有沒有查一下，他去過哪間房？」

「那怎麼查得出，我看了一下，所有房子燈都熄了——」

「那是什麼時候？」

「十一點左右，我想。我沒看時間。」

「之後呢？」

「之後我又去睡，睡得很甜。那一晚所有房間都租出去了，招牌也熄了，我可以大睡特睡。」

「會不會另外有車進來，你聽不到？」

「可能，太可能了。只要所有房子都租出去了，我睡得比什麼人都死。我不必擔心有人來，醒著有什麼用？」

我說：「我想你見到報上季家的消息了。」

「當然，當然，」他說，「我細細的看了，消息和自己有關，誰都會細細看的。」

「見到他照片了？」

「是的。」

「像不像？」

「老天，我不知道，」他說，「我每天租房子給不同的人，我從來記不住他們。每個都是新面孔。我看這張照片翻印得不太好。通常訃聞上的照片都使人看起來年輕一點，但這張照片使他看起來老多了。」

「你第二天早上進房子去，看他躺在床上死了，你仔細看他臉了？」

「只看了一下側面，我不太喜歡多看死人面孔。他一隻手伸在被單外面，我摸一下他的脈搏，一碰我就知道他死了好久了。又冷又硬。」

「賴，我看我什麼都告訴你了。我也一再說了，說過十多次了。你還要什麼？」

「我只是查對一下。」我說：「多謝了。嗯——先生怎麼稱呼呀？」

「郎，」他說，「郎漢璧。」

「你太太和你一起經營這旅館？」

「沒有，太太一年前過世了，我目前一個人在照顧。」

「好，」我告訴他，「謝謝你。」

我開車到他租給我的單人屋，爬上床。雖然這汽車旅社是我目前最安全的地方，但我還是花了一個小時才睡著。

第十七章　事實真相

天才破曉我就起來了。我找了一個廿四小時營業的餐廳，吃了早餐，喝了三杯咖啡，打電話給柯白莎。

「什麼鬼主意這個時候打電話給我？」她問。

「因為我需要你幫忙。」

「唐諾，你自己應該知道。」她說，「你的情況不妙。」

「我沒有說妙呀。」

「善樓認為你和謀殺案脫不了關聯，」她說，「他暫時沒有動手是因為還有一、兩個線索在進行。但是他告訴過我，你有很多情況解釋不清。你幹麼停車在那個地方給那小娼婦打信號？」

我說：「我就是為這件事要和你談談。我要你幫忙。」

「好吧，」她說，「你要我幫忙，你已經把我叫起來了，這些時間都算是你的了。你說吧，我能為你做什麼？」

「我希望你能在維多公寓前面等著我。」

「什麼時候？」

「半小時之後。」

「唐諾，不行，要有良心，我還沒有喝咖啡。我——」

「那就喝咖啡，不要吃早餐，我們可能沒時間了。」

「到那裡後，你要我做什麼？」

「我要你做個證人。」我說。

「什麼玩意兒的證人？」

「一件重要大事的證人，」我說，「你會去嗎？」

白莎咕嚕地說：「好吧，我準時到。」

柯白莎準時在七點三十分和我相會於維多公寓門口。

我說：「早安，白莎。」

她怒視我說：「早安個屁。你知道我不喝三杯咖啡，一文不值。」

「今天早上喝了嗎？」

「我一面穿衣服一面喝了一杯，只喝了一杯，現在就想找人打架。」

「很好。」我說：「我就希望你有這種想法。」

「你到底要我做什麼？」

我說：「我準備和一個女人談話。我認為她是一個漂亮女人，我怕她也許會用她的女性優勢來對付我。」

「嘿，有我在，她要這一套，門都沒有！一巴掌打昏她。」

「好，就這樣，」我告訴她，「不過我要你坐著看，不要隨便動手。但是你要是確定她是在用美色迷惑我，你確定她是在說謊，你就出面管一下。假如你想她是在說真話，就不動手，做個證人。」

「好吧，」白莎說，「早做早完。我腦子裡現在只有荷包蛋、半打香腸、一大壺咖啡。」

「好，」我告訴她，「記著，不要動手，躲在幕後，除非你看出毛病來。」

我們乘電梯上去。我按葛寶蘭公寓的門鈴。

第三次按鈴，才有了反應。一個睡態的聲音說：「有什麼事？什麼人？」

我說：「很重要的事，我們一定要見你。」

「你們是什麼人？」

我說：「我是賴唐諾，一個偵探，我——」

「噢，是的，瑪蓮告訴過我，她說你人不錯。賴先生，你來有什麼事？」

「我一定要現在立即和你談一件事。」

「我沒穿好衣服，公寓裡也亂得很。」

我說：「我們可以等一下，但不要太久，這是件等不得的事。」

「好吧，我只要五分鐘。」

我們在走道等了七分鐘。白莎不斷看她鑲了鑽石的手錶，眼睛不斷像鑽石一樣閃閃發光在埋怨我。

年輕女孩把門打開，穿的是一件居家的長袍，從側面用拉鏈開口，腳上有絲襪和鞋子，頭髮仔細地梳過，眼影仔細畫過，唇膏也塗得恰到好處。

她把長長的睫毛，煽呀煽的煽著道：「早安，賴先生，我真抱歉我沒能——這一位是？」

「這一位，」我說，「是我的合夥人柯白莎。白莎，這位是葛寶蘭小姐。」

白莎低沉地咕噥了一下。

寶蘭說：「請進來。」

白莎依照我們的約定，把自己移動到房子的一角，盡量不引起疑心。

寶蘭自己坐在一張直背的椅子上，指著一張沙發請我坐。

早晨的陽光透過玫瑰色的薄窗簾，使她的臉看起來非常溫柔、天真，有如嬰孩的樣子。

她小心地調整一下家居服的位置。

過不多久，她的家居服在太滑的純絲絲襪上滑了下去，露出太多的大腿。

「唐諾，」她說，「不管怎麼說法，我感到對你認識已久。瑪蓮說你很好，我就認為你很好。你要什麼？」

我說：「暫讓我們回到四號的晚上。」

「四號……四號。」她蹙眉，大聲笑道，「老實說，唐諾，我對於過去日子晚上的活動，不太去回想，我也不記日記。」

我說：「你應該不難回憶那一個晚上。那一個晚上你見到一位來自聖塔安納的名人叫做季貝可。」

「真的嗎？」她問，露出一個酒渦。

「是真的。」我說。

「那又發生些什麼事呢？」

「你們出去晚餐，還有別人一起去，也許一共四個人。本來準備喝點酒，跳一會舞，但是發生了什麼事，季貝可想結束這個晚上節目，想結束這種關係，想回家。」

「老天，唐諾。你在說我一點都不懂的事。你說的季貝可到底是什麼人？」

我說：「我不知道每一步細節，但是不久之後，季貝可被藥品矇倒了，被人帶到了聖大芒尼加的天堂汽車旅館。

「有人來找你，把你也送到那汽車旅館。你走進去把自己衣服脫掉，睡到床上，然後——」

她把自己自椅中坐直，憤慨地說：「我？脫掉衣服和一個陌生男人在房間裡？」

我直視她雙眼說：「是的，你，脫掉衣服和一個陌生男人在房間裡。」

她一本正經地站起來，把家居服拉回來把大腿遮住。

「唐諾，」她說，「我以為你是個紳士。你令我失望，你對我說了不公平、不正確的話。我只好請你現在出去。」

我說：「你和談珍妮是搭配工作的。我不知道你牽涉這件事多深，至少你是她旗下一員，她給你安排約會。」

「這是有罪的嗎？」她問。

「那不一定。」我說。

「假如你想給我戴什麼帽子，」她說，「你得要有證據。」

「後來稽瑪蓮來了，」我說，「你間接地叫你鹽湖城的朋友給稽瑪蓮介紹談珍妮給她弄了兩次約會，沒料到她很古板，她不知道這些規則不過是障眼法，她一定要依規則來辦事。」

寶蘭猶豫了一下，突然把頭和頭髮向後一甩，仰首大笑，家居服再次張開，這一次連絲襪上面都露了出來。

「唐諾，」她說，「我應該對你很生氣，但是你做事有一股傻勁，使你看起來很可愛。

「唐諾，我告訴你一點也可以。我結過婚，離過婚。這些事我都懂得，沒錯，我經由談夫人給我介紹約會。

「我不知道別的女孩子怎樣，反正我是不照規則辦事的。」

她又把長睫毛向我煽了兩下，繼續說道：「唐諾，你要知道，我也是個女人，我有人的感情……什麼人對我好……」她再把長睫毛搧兩下說，「我也會好好回報他。

「不過我只知道這一些，那個姓季的事我完全不知道。

「唐諾，我把自己心裡話都說出來告訴你了，因為你對我好。你也有值得我……

我知道假如我說你可愛，你會生氣，但是你——真的很可愛。」

「四號晚上我是出去了，是四個人一起出去的，而且——」

「而且你們那晚上見到瑪蓮了？」我替她接下去。

「是的，瑪蓮也在我們用餐那家餐廳。飯後我們去一個地方喝酒，我的男伴有一點良心發現，但不知什麼原因，但急著要結束，要回家——他就送我回家了。」

「你是說談夫人那裡？」

「這是規矩，」她說，「使每個客人以為我們住在羅德大道談夫人家。我們不會請他們進屋，除非有特殊原因。談夫人在屋前有一間接待室準備這種意外的。不過大家都不——反正，送我們回家之前，該辦的都辦過了。我們告訴他們媽媽生病在床，一起住在這房子裡，不接待他們了。」

「為什麼？」我問。

「想想就知道了，」她說，「珍妮是生意人，她要控制我們，絕對不能讓我們私訂約會，不經過她。」

「四號晚上，和你約會的男士姓什麼，叫什麼？」

「老天，唐諾，我不知道，」她說，「我們只叫名字，不問別人姓什麼。我確定他的名字不是貝可。這名字怪繞口的。我們這一行不太問真名實姓，姓是絕口不提的，常客都以名字的暱稱或小名叫來叫去。但是我不記得你講的人。」

「他叫你什麼？」我問。

「他們對我稱呼是一致的，我告訴他們我叫小蘭。」

我說：「四號晚上，你的男伴送你回談太太住所後，你真的沒有再外出嗎？」

「當然，我不騙你的，」她說，給了我一個酒渦，「唐諾，不要想我是完人，我有的時候做作一點。你是個男人，你也許感覺到我對男人的反應，我喜歡男人。」

我向白莎看一眼。

白莎歎了口氣，自椅子中站起來，走到房間中央，俯視著寶蘭。

「你說你喜歡男人？」白莎問。

「是的。」

白莎說：「你是該死的賤貨，你喜歡的是鈔票。」

寶蘭看著她，見到這副吃相，臉色變白，下巴垂下。

我說：「把你知道的說出來，寶蘭，你的男伴季貝可被人下了藥，目的絕不是殺死他，也許想叫他睡過去，但是藥量過了頭，殺死了他。目前你受到最大嫌疑。你是一級謀殺嫌疑犯，除非你自己出面澄清。季貝可的死亡只有兩種可能，若不是給他藥量過大了，就是用藥引起了心臟病發作，不管是哪一種都是謀殺罪。」

寶蘭說：「這些我真的一點都不知道。我只好請你們兩位離開這裡。再說，柯太太，我會告你毀壞他人人格。你說那些誹謗我名譽的話，我不會不報復你的。」

「去告你的，」白莎說，「當著陪審團的面，我會把你剝得精光。我說你是個小娼婦，你只能對唐諾用這種色瞇瞇的話，你看他很可愛。在我看來，你只是個叫價偏高的小娼婦，只懂得要多賺點錢。假如你想為一件謀殺案隱瞞證據，你只有一個結果。

「我現在告訴你不妨。十五分鐘內，你就會被警方請去——不必向我來露大腿，我的大腿比你的粗。現在我要你說，要說實話。」

「我說過實話了，我現在要你們走，否則我要趕了。」

「趕我走？」白莎說，「你試試看。」

寶蘭站起來做了一個樣子要推向白莎肩部。

白莎抓住她手把她摔過半個房間，家居服一下被拉下來，寶蘭站在那裡，身上只穿了胸罩、三角褲和絲襪。

「你要你腿看起來漂亮，所以穿上高跟鞋，不穿拖鞋。對唐諾固然有用，」白莎說，「現在由我來對付你，妹子。

「你的體形不錯，你全靠曲線來吃飯。你這公寓不錯，每天有人請你喝酒，吃飯。你以為自己保護得不錯。

「這次，我們要送你去坐牢。那邊囚衫都是一個尺碼，沒有曲線的，腳上穿的是平底拖鞋。每天工作也一樣，你的青春美貌都會流進水溝。出來的時候，你就是邋遢的老太太了。那邊吃的是澱粉，不是蛋白質，所以很容易胖。但是你不吃不行，會餓。

「現在我說的是——謀殺、警察和監獄。我不知道什麼人叫你閉嘴不必開口，不論是什麼人教你的，反正犧牲你了，到時你一個人倒楣，你反正是脫不——」

寶蘭衝向柯白莎。

白莎揮出她右手，平平的一巴掌拍在寶蘭左側臉上，使她搖晃了一下。

白莎左手又跟著來了一下子。

「再來呀，親愛的。」白莎說：「動粗？我就怕對方不動粗。你這該死只會說謊的小娼婦，我能把你打昏過去。」

寶蘭退縮到一角。

「說！」白莎向前一步，向她吼著。

「你以為你聰明，」白莎說，「你不過是他們利用後的渣滓。這件事背後的人才聰明。他們利用你釣魚，把你當貨品，如此而已。一旦事發，要你先頂一下。你頂不住時，他們為了自己，把你送給狼去吃掉。他們看來你是一個雌貨，像你一樣的貨有的是，他們少了你不會可惜。

「你以為你混久了？連這一點也看不透嗎？」

寶蘭想說什麼，白莎又向前一步。

「說吧，」白莎說，「理智一點。」

寶蘭說：「是……是真的。」

「這才像話，」白莎說，「現在，什麼都給我說出來，而且要快，因為我們時間不多了。」

寶蘭說：「我奉令給季貝可加點勁。我們應該要他——我是說主持這事的人們，想要抓他一點什麼把柄。」

「哪些人主持這件事？」

「我不能告訴你們他們的名字，他們會殺掉我的。」

「我來說說他們的名字好了。」我說：「有沒有狄喬獅？」

「你已經知道了？」她問。

白莎說：「你這該死的人，到現在你還不瞭解，賴唐諾當然什麼都知道了，整件案子來龍去脈都知道了。我們是給你一個澄清自己的機會。」

她坐下來，開始哭泣。

「算了算了。」白莎說：「把這些看家本領裝個罐頭藏起來。眼淚跟絲襪一樣，對我沒有用，我要事實。」

寶蘭說：「實在已經都給你們說對了。他們要抓貝可一點把柄，他們叫我把他引上鉤，但是他不肯上鉤。我們說了再見，季貝可和狄喬獅一起開車離開了。他開的是季貝可的車，車裡另外有一個女人——狄喬獅的女人。他們一起在談夫人處和我說的再見。下一件事是一個電話，告訴我要我準備出差，去過一個夜晚。」

「電話來時，你在哪裡？」

「我坐在談夫人處和談夫人聊天。她有點氣惱，這樣早這次約會就搞砸了，有點怪我沒有合作。」

「你怎麼辦？」

「談夫人給我叫了輛計程車，我——」

「等一下。」我打斷她的話：「計程車司機是什麼人，你認識嗎？」

「認識，當然我認識。是姓賀的。姓賀的是談夫人特約的，這裡一切事都找他。」

「之後呢？」

「計程車帶我到天堂汽車汽車旅館，要我去十四號，告訴我說我的男伴太醉了，改變主意了，感到寂寞了，醒回來時要我陪伴他。」

「這都是他們告訴你的？」

「是的。」

「你怎麼辦？」

「我看他已經差不多要醉得不省人事了，就把他放在床上。過不多久，聽到他吞嚥和哽住的聲音，一看他已經不行了，開始以為他昏過去了，然後我聽聽他心跳，沒有心跳，摸他脈搏，沒有脈搏。我知道他死了。我探他口袋，發現一張緊急通知卡片在皮包裡。所以我當機立斷做了自己認為最恰當的事。我打電話通知他在聖塔安納的太太，老實告訴她這傢伙和我在汽車旅館中。告訴他太太他死了，告訴他太太我要開溜了。」

「她怎麼辦？」

「我從報上見到的，她還真能幹，她開車進去，和死人睡了一晚，第二天一早假裝發現報警。」

「你有沒有告訴她，鑰匙放在哪裡？」

「有，放在門口墊子下。」

白莎說：「很好，親愛的，去穿點衣服。抱歉把你打得那麼凶，用點冷水敷在臉上，就會沒事的。」

我走向電話，拿起來撥號，說道：「總機，我要兇殺組的宓善樓警官，是重要事，請快一點。」

第十八章　女人的毛織長襪

宓善樓警官一開始是抱著懷疑態度的，他仔細地聽寶蘭的陳述，他把雙眼瞇成一條縫。他拚命咬嘴裡沒點火的雪茄，把個雪茄頭在嘴裡移到左面，又移到右面。偶而向寶蘭看看，眼光移到白莎臉上，移到我臉上。

寶蘭說完，善樓問了一大堆問題，然後轉向我。「好了，小不點，」他說，「你又在操縱這件案子了。目前我一切還是存疑，下一著棋該怎麼走，你有什麼建議嗎？」

我說：「賀漢民，那計程車司機。」

「那個賀漢民是沒有問題的，」他說，「他和警察現在非常合作，我對他很瞭解。」

「我們試試看你瞭解多少。」我說。

「我告訴你，他把談夫人那行都告訴我了，」善樓說，「他這精明鬼早就看出羅德大道那房子在搞什麼鬼，但是只要他常有車資、小費好賺，他樂得閉口發財。」

「他有沒有告訴你，他開車去聖大芒尼加汽車旅社的事？」我問。

「沒有，」善樓說，「他沒有。」過了一下他又說：「可是那是我沒有問他！他不知道這次車程和本案有關，也只有你一個人認為這個人被人下了毒，又說他也可能是被謀殺的。其實照我看來，這個人倒真可能後來發現自己太嚴肅了點，又想要那女子回來陪他了。」

「好，」我說，「我們去問問賀漢民，要是他真心和警察合作，他會證實寶蘭的說詞的。」

「假如他一口承認有過這一次，載過寶蘭，又如何？」

「我們到時候再說。」我說。

善樓說：「唐諾，你真該死，你到東到西要湊一腳，這件事本來你就涉有重嫌。對季貝可的事我本來一無所知，死亡證明是法醫出的，我們還有什麼辦法去證明是件謀殺案？你說有人給他吃了藥，驗屍官說是心臟病發作，自然死亡。屍體早已火化了，什麼都查不出了。」

我說：「賀漢民在說謊，我沒有給稽瑪蓮什麼信號。她坐計程車去的時候，我也沒有坐在車裡等，他完全弄錯了，為什麼呢？」

「那傢伙可能弄錯了，」善樓說，「你自己也說過，有一輛車和你的車完全一樣在附近出現過，他可能見的是那一輛車。」

「沒錯，有可能。」

「再說，也可能是你在說謊。」

「也有可能，」我告訴他，「讓我們去看看賀漢民不犯法吧？」

善樓歎口氣，站起來：「好吧，我這個人心軟，鬼迷了心，又被你牽著鼻子走一次。」

他轉向寶蘭。「你乖乖留這裡，」他說，「不要和任何人說話，不可以和記者說話，不能打電話給那姓狄的傢伙，有電話進來不准接。有人在門上敲門，不准去開門。不要亂動，哪裡也不准去。假裝你不在家，一直到我回來。我回來時會先按鈴三下，停一會按兩下，再停一會按一下。三——二——一。記住。聽到這個記號你就開門，否則一律不理，知道嗎？」

善樓一副無奈地走向門口：「走吧，小不點，我們跑一趟。」

白莎說：「你們不需要我吧？我餓死了。我要去吃早餐和——」

「對了，我倒真忘了，」善樓說，「你留這裡看住她。」

「你有賀漢民的地址嗎？」我問，「他是上晚班的。」

「當然我有他地址，」善樓說，「你們外行人就這點不好，老以為警察是粗心大意的。走吧，早完事早結束。」

門口有輛警車在等候善樓，我們直接就到了賀漢民住的地方。

地址是在破舊的公寓區，賀漢民在那一區的一個公寓裡有間小房間。公寓外觀還可以，裡面有一股陳舊的烹飪味道。

善樓找到正確的房間號，重重地敲門。

過了一陣，有睡意的男人聲音在裡面問：「什麼鬼事？」

善樓說：「警察局的宓善樓警官。開門。」

「老天，怎麼又來了，」聲音在裡面說，「每件事都說過一百遍了。」

「我叫你開門。」善樓說。

賀漢民現在都清醒了。

「警官，」他抗議道，「這時間對我不太方便。我不能讓你進來。你下去在車中坐著，我兩分鐘內下來看你。」

善樓說：「開門再說。」

「我……有客人在。」賀漢民說。

「該死的，」善樓說，「我叫你開門。」

過了一下，門打開了。

賀漢民頭髮糟亂一堆，穿了長褲和襯衫，襯衣沒繫在長褲裡。床上一個漂亮女郎，把被單拉到下巴下面，已嚇得半死。

善樓理也不理那女郎，直過去在床腳那一頭坐下。我只好站在一個檯面上有鏡子的五屜櫃前面。

善樓說：「退回到四號那個晚上，你用計程車帶一個女人去聖大芒尼加一個汽車旅館去，是怎麼回事？」

「我？」賀漢民用一種自尊受傷的味道問。

「是的。」善樓說。

「我一點也想不起有這件事，」賀漢民看看我說，「警官，怎麼回事，為了放他一馬，要坑我進去呀？」

「我在問問題，」善樓說，「你有沒有帶一個小姐去天堂汽車旅館？」

「我要去看我工作報告單，確定一下才行，但……」

「去你的，這趟任務你不可能忘記了的，」善樓說，「想起來了嗎？」

「我……我這樣說好了，也許有。」

「為什麼沒有告訴我？」

「告訴你？」賀漢民說，「這和你在調查的案子有什麼關係呢？」

「我還不知道，」善樓說，「我要你告訴我談珍妮每一件事，和她旗下女孩的每一件事。」

「我不都告訴你了嗎？」

「你沒有告訴我葛寶蘭的事。」善樓說。

「寶蘭……我不認識什麼寶蘭呀——噢，你是指小蘭。」

「可能是，但是你沒有告訴我小蘭的事。」

「我不太做小蘭的生意，」賀漢民說，「另外還有幾位小姐——她們生意多一點。你看，我告訴過你，談夫人不要她那個地方太受人注意，也不喜歡關係人太多，所以盡可能把生意交給一個計程司機。她們有事都找我，只要有人找我，總機一定按客戶意思把我遣出，我不在才用不同的其他司機。」

善樓把雪茄在嘴裡換了一個方向，看看床上的女人問：「這個是什麼人？」

「朋友。」賀說。

我把檯面上有鏡子的五屜櫃抽屜打開，翻弄著裡面的東西。

「你什麼名字？」善樓問女郎。

「杜蘭。」她說。

「你也是談夫人旗下一員？」善樓問。

她猶豫了一下，點點頭。

「你也沒有告訴我什麼杜蘭。」善樓對賀漢民說。

「杜蘭是我自己的一個好朋友，」賀說，「我多少要罩她一下。」

「換句話說，你還是隱瞞了不少你不想說的。」

「只有杜蘭這件事，警官。」

「還有小蘭。」善樓說。

「就算還有小蘭，」賀說，「小的事情也許我漏說了一兩件，但是重要的都說了。」

我把手伸進抽屜裡面，拖出一隻女人的毛織長襪，叫善樓來看。

「有什麼意見嗎？」我問。

善樓看這隻襪子好幾眼，想要搖頭，突然對這花紋起了聯想。

「嗯，」他說，「裝了石頭，敲談夫人腦袋，就是這種襪子。另外一隻呢，在嗎？」

賀漢民突然向門外衝去。

宓善樓的行動有如一台保養良好的機器，他用左手攫住襪子，右手及時一拳把他打倒在地上，下巴腫起一塊。

宓善樓又看看那隻毛襪，看看我，自後腰拿出他的手銬，一下銬上尚未清醒的賀漢民手上。

他對杜蘭說：「好了，妹子，把衣服穿起來！」

「當了大家的面？」她問。

善樓嚴峻的看她一眼：「不要叫我笑掉牙了。」

杜蘭歎口氣，慢慢起身離床。

第十九章　全案偵破

報紙都把這件事當成大新聞。

宓善樓警官，和他上司兇殺組組長，什麼線索都沒有，只憑一隻留在現場的女毛襪，裡面有塊石頭，偵破一件複雜的謀殺案。

他們把談珍妮的謀殺案再翻出來炒一次。說她在羅德大道的艷窟，是一個計程司機賀漢民犯罪活動的前站。也是另外一個白天正正經經做房地產，晚上從事勒索活動的狄喬獅的根據地。

他們小心地形容丘家偉，是一個大公司的重要人物，是一個社會名流，沒有寫出名字來。只說因為公司股權之爭，他缺乏控制，求助於他朋友狄喬獅。因為他想控制公司股權，又沒有足夠金錢，所以想出了一個辦法，希望製造一點小把柄，使大股老闖自動妥協，但是對方不肯入彀，於是這些人急於把事實遮蓋起來。

談珍妮對這件事知道夠多，想自己幹一點敲詐的勾當。由於這種行為會有可能使全案內幕爆發出來，所以狄喬獅和賀漢民兩個找到談珍妮，要逼她就範。

他們爭吵內容寫得很清楚，是賀漢民用一隻女人毛襪裡面放塊石頭帶來的臨時武器，動手打擊她的頭，狄喬獅動手勒死昏迷的談夫人。那位名流本來約好在那裡見面的，但是想到了警察已開始注意那宅子，所以沒有進去，也沒有參加這次謀殺行動。警方對他名字目前沒有公佈，但正在廣泛蒐證，看有沒有別的牽連。

為了爭股權，想把大股東陷入「仙人跳」未遂，這些人緊急想把這件事遮蓋起來。但是他們認為有一個女人，已經見到太多，足以為害了。所以他們想辦法要迫她離城。這是機警的宓善樓警官得到的第一線索。他和兇殺組馬組長討論後，兩個人通宵達旦的工作，不到四十八小時內偵破了全案。

狄喬獅，目前在逃。賀漢民被捕後，已完全招認，自認有罪，訴求法庭將來減刑。警方認為未公佈姓名的名流既沒有實際參與謀殺，也沒有教唆，再說更未參與談珍妮、狄喬獅與計程車司機合營的艷窟敲詐機構。他涉及的只是利用他們來爭取股權委託，控制公司。

報紙上沒提到季貝可的死亡事件。

「季貝可的事怎麼辦？」白莎問，「將來會爆發出來嗎？」

「不會，」我說，「我和利南門在電話上談過。警方說季貝可對他們給他的餌沒什麼興趣。相反的，他打電話給他太太要一起出去度假。」

「屍體已經火化了，不可能有任何證據說他中毒而亡。現在兇手當然不會說，警察則不敢說，因為說了也無法證明，反叫別人看來一件謀殺案從警方手中溜了過去。」

「在警方立場看來，這些人已繩之以法了。一件漂亮的命案偵破了——還有什麼對兇殺組更好的了？」

白莎想了想，再去看報紙。

馬組長和宓警官，照片在報紙上滿天飛，局長也褒揚他們是「無畏警探」，只憑一個線索，窮追到底，日以繼夜工作，終能偵破巨案。

「好吧！」白莎歎氣地說，「就算你是個有腦子的渾蛋，但是這對我們兩個有什麼好處呢？」

「我不知道，」我說，「至少我們替一個客戶幫了個大忙。」

「哪個客戶？」

門上很小心的敲門聲。

「什麼人？」白莎問。

「卜愛茜。」

「進來，愛茜，怎麼變得鬼頭鬼腦了？這次又是什麼事？」

卜愛茜交給我一封限時專送。「這封給你的信才到，唐諾，」她說，「上面指明是急件。」

我拆開信封，是一張季露絲太太簽名兩千五百元的支票，裡面沒有信或解釋。

我把支票平舖在白莎桌上。

「這不是說曹操……」

白莎看一眼支票，和氣地說：「他奶奶的，你小子就是對女人有一套。」

愛茜還是站在那裡。

「還有什麼事嗎？」白莎問。

「稽瑪蓮在唐諾辦公室等。」愛茜說：「她要謝謝唐諾，一定要親自見到他，當面謝他。」

白莎貪厭的肥手把支票拿起，又拿起背書的橡皮圓章，在印台上壓了兩下，用力敲在桌子上支票的背面，把支票交給愛茜，說道：「拿去存在銀行裡。讓瑪蓮去謝唐諾。由你給我管著他，這個渾蛋在見下一個客戶之前，臉上的口紅都要給我擦乾淨才行。」

相關精彩內容請見《新編賈氏妙探之25 老千計，狀元才》

新編賈氏妙探之24 女祕書的祕密

作者：賈德諾
譯者：周辛南
發行人：陳曉林
出版所：風雲時代出版股份有限公司
地址：10576台北市民生東路五段178號7樓之3
電話：(02) 2756-0949
傳真：(02) 2765-3799
執行主編：劉宇青
美術設計：吳宗潔
業務總監：張瑋鳳

出版日期：2023年11月 新修版一刷
版權授權：周辛南
ISBN：978-626-7303-17-7

風雲書網：http://www.eastbooks.com.tw
官方部落格：http://eastbooks.pixnet.net/blog
Facebook：http://www.facebook.com/h7560949
E-mail：h7560949@ms15.hinet.net
劃撥帳號：12043291
戶名：風雲時代出版股份有限公司

風雲發行所：33373桃園市龜山區公西村2鄰復興街304巷96號
電話：(03) 318-1378
傳真：(03) 318-1378
法律顧問：永然法律事務所 李永然律師
北辰著作權事務所 蕭雄淋律師

行政院新聞局局版台業字第3595號 營利事業統一編號22759935

定價：299元

國家圖書館出版品預行編目資料

新編賈氏妙探. 24, 女祕書的秘密 / 賈德諾(Erle Stanley Gardner)著；周辛南譯. -- 臺北市：風雲時代出版股份有限公司, 2023.05　面；　公分

譯自：Fish or cut bait.
ISBN 978-626-7303-17-7（平裝）

874.57　　112002574